U0030296

幻影都城I

初相遇

蝴蝶Seba◎著

楔・子

殷曼一「髮」打去君心手裡的呼吸器，「挖勒，你們人類都靠吸食毒物來延長生命喔？」她一邊發著牢騷，突然吻了他……

都市的夜總是太亮，顯得燈火輝煌處的陰影更深，更闇。陰影處，多少罪惡和邪祟露出爪牙，獰笑著，想要撕碎一切無辜的靈魂。受害者的微弱悲鳴，被這華美卻污穢的市聲掩蓋了，誰也沒聽見。

她眨了眨眼，對自己絕佳的聽力有種無奈的感覺。鐸鐸的高跟鞋敲打著小巷的街心，她背光，在充滿臭味和垃圾的小巷中，朦朧的發出一點點微光。

幾個男人正壓住了個少女，瞳孔中的興奮瘋狂像是野獸一般，兇狠的回頭看是誰敢打擾他們找樂子。

她仔仔細細的看了一下，又輕嘆了口氣。

「唷，是個大美人呢！」這群不良少年笑了起來，呼吸中有種比垃圾更令人難受的惡臭，「剛好這個小子不夠用，大美人，來找點樂子吧。」

「我不想傷害你們。」這次她的嘆氣聲更大了些，「放過這個小朋友好嗎？『他』看起來還沒成年……」真的就是個小孩子而已，「而且我想，他大概不同意讓你們……呃……」她努力思索合適的字句，最後放棄了，「而且，這是違反法律的。」

一聽到法律，幾個不良少年的臉都變色了。「媽的，妳是警察？」他們迅速地張望一下，發現只有她一個，「哼哼，警察又怎樣……」

呼的一聲，除了抓住被害者的兩個人以外，其他的不良少年都跳了起來，抽扁鑽的抽扁鑽，秀刀子的秀刀子。看起來是頭兒的拿著刀子上下拋著玩，「警察小姐，妳太多管閒事了……我們兄弟陪妳玩玩如何？」

她認眞的思考一下，搖搖頭，「你們玩不起的。」

這話激怒了那群不良少年，一起衝了過來，帶頭的那個俐落的將刀子刺向這個多管閒事的女人，想在她身上製造點傷口教訓一下，沒想到她沒後退反而迎了上去，刀刃插入她的手臂，幾乎沒頂，卻一滴血也沒流。

月亮上升了一些，黯淡的照進這個暗巷，朦朧的，像是一個惡夢。

插進她手臂的刀子被一股極大的力量吸住，怎樣也拔不出來；向她招呼而來的棍棒、扁鑽，甚至是拳頭，都讓濃密的黑髮給擋住、纏住了。

濃密的黑髮像是有生命一般，擋住了所有的攻擊，稍一使勁，便將所有人都扔飛了。在黑髮纏繞下，金屬球棒和扁鑽被擠壓成幾團廢鐵，咚咚咚的掉到地上。

她沒有說話，只是靜靜的看著他們，令人難受的沉默重重地壓在這個暗巷裡。

帶頭的不良少年覺得臉頰溼溼的，摸了一把，發現滿掌的血。那女人的長髮只是在他臉上掃了一下，居然半個臉頰都是細密的血珠。

「妖怪！是……是妖怪！」他慘叫起來，「救命啊……有妖怪……」

「噓噓噓～～」女人不安了起來，「小聲點，你想讓所有人都知道嗎？」往前踏了一步，長髮陡長，將他的嘴摀了起來，那個不良少年的頭幾乎讓黑髮吞沒了，只見他手腳抽搐，一會兒就不動了。

其他的人驚跳起來，想要躲避悲慘的命運，但是鋪天蓋地的黑髮卻無處可躲，整個暗巷像是被龐大的黑髮佔據了，一個個被纏上了頭。

架住「少女」的那兩個看見頭髮對著自己而來，大叫一聲，當中一個扔出了打火機，希望把這妖怪燒死，卻沒想到自己的夥伴還在髮陣中。

打火機燃起了地上的垃圾，乾燥的天候與滿地易燃的紙屑，讓火熊熊的燒了起來，瞬間半個巷子都陷入火海中，卻沒有燒上看似柔軟卻堅韌的頭髮，但是妖怪卻嘆了口氣。「哎哎，你弄壞我的身體……」

她收了滿天的長髮，頭顱卻從脖子上飛起，耳朵變成了佈滿白羽的巨大翅膀，吹了一口氣，熊熊的火光消失了，地上留著還沒燒完的軀體。

「眞是太淘氣了。」一綹長髮將打火機捲起來，瓦斯味輕揚，打火機已經變成粉末，還清醒著的不良少年翻了翻白眼，昏了過去。

「所以說，人類眞是莫名其妙的生物。」妖怪喃喃著，「這下好了，燒成這樣也不能用了……」她飛低一點，憂愁的看著自己焦黑的身體，「果然技術還差了點，哎，這種假東西本來就沒有感覺。不過……現在是怎麼回家呀？」

滿臉淚痕的「少女」縮在牆角，張大眼睛。是夢，這一定是一場恐怖的惡夢……今晚發生的事情太不眞實了……所以只是夢，不會是別的。

如果是夢，就快醒來吧！受不了了，再也受不了了！

「年紀小小不學好。」妖怪用長髮打了地上不動的人一把，那個人低低地呻吟一聲，「還要花力氣洗你們的記憶……算了，順便把你們的惡氣也洗一洗，省得繼續作怪……」她低低地輕鳴一聲，倒像是珠玉撞擊的聲音，昏倒在地上的人從嘴裡冒出一團團的黑氣，讓瑟縮的「少女」抖得更厲害。

懼。

這種氣息……這種帶著惡意殘酷的氣息……讓「少女」感到熟悉，也非常恐

妖怪輕吟著，像是唱歌一樣吟誦著聽不懂的詩句。當她雪白的翅膀極展，嬌嫩的唇吐出最後一個字，暗巷裡居然下起一陣珠雨，隱隱有著和諧的音律，溫柔地洗滌著所有污穢和悲傷。

「少女」瞪大眼睛，望著入手就消失的珍珠雨滴，一陣陣朦朧的光如夢似幻，襯得半空中的妖怪如在雲霧中，發出聖潔的柔和光暈，雪白的翅膀和嬌嫩清純的臉龐，像是天使的容顏。

只是這個「天使」卻只有一個頭顱。

當珠雨停止，暗巷又晦暗了，「少女」卻覺得有些惆悵。

多麼希望再看一次那場美麗的、洗滌哀傷的雨啊！一點水跡都沒有，像是夢去不留痕。

「呼。」妖怪飛了下來，突然咒罵了一聲，「該死！我新買的ＬＶ包包！死小孩就是死小孩！我真討厭人類的莫名其妙……我的包包毀了啦！」

她似乎非常沉痛的翻撿著焦黑的皮包，「眾生裡再也找不到比人類更莫名其妙的生物了。哪有這樣隨便逼人家交媾的？就算猴子也不會這樣！還放火燒好心的妖怪……笨蛋！一群笨蛋！」

她瞟了一眼，又更仔細地看了看那位嬌怯的「少女」。「……眞是笨到沒藥救。連雌雄都不會分辨嗎？就算強迫人家交媾，好歹也找個雌的啊！這隻明明是雄的……」

「他們知道的。」他不知道爲什麼開了口，或許是那場珠雨太美，美到他幾乎忘記恐懼，「他們勒索欺負我很久了，他們知道的……」他強忍著，眼淚不住地在眼中打轉。

妖怪看了看他，有些驚訝地說：「奇怪，你應該一直發呆，發呆到我離開呀，然後把所有的事情都忘了。」她飛近些，端詳著這個奇異的人類。

他害怕的貼在牆上，美麗的眼睛流露出恐懼，和一絲絲的好奇。

「你年紀很小……十二歲了嗎？」妖怪很親切的問。她倒是怎麼想也沒想到，這孩子可以抵禦洗滌記憶的「忘珠雨」。

他更害怕地點點頭，望著妖怪青色的瞳孔，他似乎可以看到自己的倒影……不知不覺的開口：「我……我叫李君心。」

「李？」妖怪皺了皺眉，卻不想再去多管什麼。她今天晚上已經管太多閒事了，管到自己的假身都燒了。「我叫殷曼。」

在人間生存很久了，但是，她實在還是很不了解人類。眼前這個孩子手腳纖細，就算是從妖怪的眼光來看，也相當美麗，居然是個少年，而不是少女。

「你是那種希望變成女孩子的男生嗎？」她一眼就看出這孩子擁有很好的資質，而且，他身上的那種氣也令人相當舒服，只要不要走上邪路……「如果你希望……」

殷曼過度氾濫的同情心又發作了。她想到自己還有幾根「瑤草」，若是這孩子想當女性，她是幫得上忙的。

「我才不希望！」君心怒吼起來，一面擦著眼淚，一面握著小小的拳頭，「我是男生！我眞的是男生呀！爲什麼我要遭遇這種……這種欺負？就因爲我打不過他們？我恨死了這種身體這種長相！我……我……」

他突然哮喘起來，滿臉眼淚鼻涕的，吃力地翻著書包找呼吸器。他從小就有嚴重氣喘的毛病，所以一直弱不禁風，加上他面貌姣好，個性又內向，所以讓學校一群不良少年盯上了。平常還有零用錢可以勉強應付他們，今天剛好忘記帶錢包，這群血性方剛、精蟲衝腦的混帳就想拿他當女人發洩。

殷曼一「髮」打去他手裡的呼吸器，「哇勒，你們人類都靠吸食毒物來延長生命喔？有命都治到沒命了。」

「妳……妳……」君心又氣又急，氣喘發作是很痛苦的，連好好呼吸一口空氣都辦不到，因爲這個纏綿已久的痼疾，他連堂體育課都不能好好地上，從小就被人欺負輕視。

「唉，我眞討厭我的多管閒事……」殷曼發著牢騷，突然吻了君心。

他只覺得腦子一片空白。柔軟的唇跟人類是一樣的啊……不過，有股清新的氣息從唇齒間吹了進來，像是身體內的污濁都被這口氣吹出去，透過每個毛細孔飛出一縷縷極細微的黑氣。

等殷曼似笑非笑的離遠些看他，他撫了撫自己的胸膛——

氣悶不見了。像是以前都是沉睡著的身體，突然清醒了，原本陰鬱的世界，突然煥發無比的光彩和各式各樣的顏色，全身充滿了無比的力氣，這樣舒服，這樣地生氣蓬勃。

「有點奇怪……」殷曼喃喃著，「眞的是有點奇怪。」她心裡有些不安，像是不小心破除了某些禁制。但是這麼弱小的禁制……她也不想去在意。

「小朋友，我就幫你到這裡了。」她揮動長髮把地上焦黑的軀體絞個粉碎。「我渡了口妖氣給你……我想，你會很長一段時間是沒病沒災的。但是呢，這到底是我的妖氣，而不是你的。你若好好鍛鍊，這口妖氣應該可以讓你抵抗別人的欺負，若是貪懶，妖氣可是會消失的唷。」

她展翅飛了起來，「哎哎，我的包包……靠！我的身分證也燒到了！眞討厭欸，人類眞是莫名其妙……」

只見光一閃，她就消失了。

君心呆呆的坐在地上，摸著自己的嘴唇。

這眞是一個非常奇特的夜晚……

第・一・章

自從這個長髮上似乎帶有魔力的妖女「吻」了他之後，他發現自己不但氣喘的毛病沒了，視力恢復成1.2，跑起步來更是從龜步變成有如渦輪加速一般……

李君心忐忑的翻來覆去一整夜，不斷的摸著自己的嘴唇。雖然說，殷曼給的那口妖氣沒有什麼不好的，甚至可以說讓他感覺非常美妙舒適……

但是，「妖氣」欸！

他隔一陣子就去摸摸頭頂，害怕頭上長出兩隻角來。

折騰了大半夜，朦朦朧朧睡去了，沒想到天剛亮就醒了。

真是奇怪的感覺……睡不到幾個小時，他卻覺得全身精力充沛，精神奕奕，連呼吸的空氣都特別甜，洗臉的水特別沁涼。

原本有些近視的他，發現看出去這樣地清楚，連對面樓上陽台的小雛菊都像在眼前。只要他願意看，小花細嫩的花瓣就像在眼前一樣。

不放心的摸了摸頭頂，又照了半天鏡子，確定自己沒有異樣，他才穿好衣服打開門。

家裡照例是靜悄悄的，這反而讓他放心下來。他生長在一個表面完整的家庭，但自從他出生以後，父母親就不斷的爭吵。奶奶還在世的時候，他還有人照料，年初奶奶過世了，他被迫赤裸裸地面對父母親的戰局，而孱弱的病體也因爲缺乏照顧每況愈下。

不過最近父母親吵架的次數少了很多，就只是冷戰。他習慣性的在鞋櫃上找到爸媽留給他的餐費，盡量不發出任何聲音，安靜的出門去了。

走到半路上，他突然警覺地停下來，有些不安的徘徊一會兒，決定走另一條比較遠的路去上學。當然，他也因此躲開一群等著「借錢」的不良少年。

他不知道，殷曼也不知道，這一口憐憫的「妖氣」改變了一人一妖的命運。

在這個早晨，君心難得心情愉悅地哼著歌上學去，殷曼也舒緩地坐在陽光下吸收日光精華，做著早課。

君心一無所覺的從殷曼的陽台前走過，而殷曼正面對著晴空飛逝的浮雲，身心都沉浸於物我兩忘的境界裡。

誰也沒有發現誰。

但是他們的命運，卻緊緊的相繫在一起，沉重的命運之輪開始轉動了……

君心專心的上了兩堂課，越來越訝異。

他現在稍微理解「妖氣」對他的幫助了。只要他專注在哪裡，就會有一股令人舒服的沁涼集中在哪邊。

上課的時候，他專心地注視著老師，看著黑板，聽著講課，那股沁涼就在腦袋忙碌盤旋，而且，老師講課的內容，他都明白了。即使下了課，內容仍像是用印的，緊緊的印在腦海裡，忘也忘不掉。

君心才小五，實在還是個玩心很重的孩子。他開心地開始試驗，專注在耳朵，就可以聽得更廣，專注在眼睛，就可以看到遠，像是發現了有趣的新玩具，他這樣默默地玩了很久。

他從小身體不好，幾乎沒有什麼朋友。本來長得可愛的小朋友都是老師的寵兒，但是他實在太內向、太安靜，父母爭吵的陰影一直籠罩著他，讓他很畏懼大

人。只要老師靠近些，他就會臉色大變地退後，所以也一直不得老師的喜愛。

再加上他們小學從小三就男女分班，班上幾乎都是要進入青春期的少年，內向又嬌秀的他很快的就變成同學們欺負的對象。因此，學校生活對他來說是種苦刑。

下一堂是體育課，他沉重地嘆口氣。體育老師一直看他很不順眼，今天不知道又要出什麼新花招羞辱他了。

爲了不想讓同學捉弄，他悄悄地跑去廁所換體育服裝，心裡奇怪今天怎麼沒被同學逮到。

他不知道的是，在同學惡意想把門鎖起來、好好捉弄他一番之前，他已經帶著體育服裝飛也似地從門口跑了出去，同學只見白影一閃，張大著嘴，看著他的背影。

鈍鈍的他還不知道發生了什麼事情，已經跑到操場集合了。心裡只有幾分奇怪，怎麼跑沒幾步就到了操場？同學們爲什麼慢吞吞的跟在後面？

是不是又要欺負我了？他不安的回望還在小跑步的同學們，只覺得他們的臉色像是見了鬼，一個個都很慘白。

大家互相看了一眼，有些驚恐。這個慢得像烏龜的娘娘腔，今天是怎麼回事？跑起來像是渦輪加速一樣，只看到影子一閃，人就在操場了。

體育老師也有點摸不著頭緒，原本要出口的諷刺只好吞進喉嚨裡。他斜了一眼君心，更是厭惡這個粉頭白面的死小孩。

果然以前都是裝死偷懶的。哪有什麼氣喘？就是懶病而已！

「今天我們上單槓。」他懶得廢話，「每個人都來拉五下，拉不到五下的下次拉，學期末還拉不到五下的話……」他惡意地對著君心笑笑，「體育這一科就算不及格，我直接幫你轉到女生班去。」

在同學不懷好意的譁笑中，君心紅了臉。他低下頭，雖然老是被這樣羞辱，但是他還是深深被刺傷了。他真的不明白，到底是做了什麼，老師和同學要這樣欺負他？

「李君心，你先來。」體育老師懶懶的對他招手，「要不要老師抱你上去拉住單槓？別害羞嘛，女生班我都是先抱上去的，你又不是第一個。」

同學笑得更大聲，君心的臉紅不再是羞愧，而是憤怒。他虎的一聲攀住單槓，雙手運勁，那股沁涼意隨勁走，不但讓他拉了上去，還在單槓上面打直了胳臂，撐了起來。

同學們的笑都停了，張大了嘴巴，像是呆瓜一樣地看著他。

沉默的做了五十下拉單槓，他輕鬆地下了地，抬頭看著同樣張大嘴的體育老師，「老師，這樣可以嗎？」

和他的眼光一觸，體育老師打了個冷顫。這個原本清秀宛如少女的小孩子，眼光像是猛虎一般，放肆而囂張，全身戟刺著令人恐懼的寒氣，讓他本能地退了一步。

「嗯……呃……可以了。」體育老師也覺得自己失態，輕咳一聲，「下一個。」

君心回到隊伍中，一鬆懈下來，那股沁涼消失，他開始覺得雙臂痠痛不已。他把注意力擺在手臂上，沁涼來去循環，每次循環都讓痠痛減輕一些。

那個妖怪姊姊……殷曼……她說的是眞的！

那股沁涼就是妖氣嗎？只要這股妖氣還在，他就可以過正常人的生活了！他不會被嘲笑、被欺負，可以高高興興地過每一天了！

原本的陰霾盡去，他像是看到了充滿希望的金光……然後黯淡下來。

你若好好鍛鍊，這口妖氣應該可以讓你抵抗別人的欺負，若是貪懶，妖氣可是會消失的唷。殷曼的話在他腦海迴響著，他開始一陣陣的發冷。

好好「鍛鍊」？但是要怎麼鍛鍊這口妖氣？

身體不好的孩子通常很喜歡閱讀，這也是纏綿病榻的他唯一的消遣。爲了這種惶惑，他翻遍了圖書館的書，找不到答案。後來在幾本幾乎是看不懂的道教書籍裡頭看到了幾行，在艱澀的古文裡，他只略微體會到——原來練武也算是鍛鍊的一種。

怎麼練武呢？他搔搔頭。反正練武也只是鍛鍊身體，那就從跑步運動開始吧！

這個小學生，就這樣懵懵懂懂地踏上修道的第一步。

殷曼這幾天都睡得很差。

她是修煉千年的大妖，所謂的睡眠其實也是修煉的一部分，但是總有個小小的、懇求的聲音在呼喚她，嚴重打擾她的修行。

飛到梳妝鏡前看著自己濃重的黑眼圈，她眞的有幾分想哭。

明明知道那小孩子就只是憑藉著一口借來的妖氣，所以跟她有聯繫，若是眞的嫌煩，收回來就是了。

但是她又有點不忍。

作爲一個稀有種族的妖，她更稀有的是對人類莫名的好感，雖然摻雜了許多雜質，但總不太想去傷害人類。

或許他們這族跟人類實在太相像了，所以在失去所有族民蹤跡之後，她也有部分移情作用吧！

若是把這口妖氣收回來，這孩子的身體很快就會被黑氣吞沒，她實在也有些不安。這個普通的人類孩子身上卻下了某些禁制，雖然她短暫地打破了，但是這禁制非常複雜，像是從未出生就纏綿著，如果去了這口妖氣，肯定這個人類孩子會永遠纏綿病榻。

她煩躁地在屋子裡飛來飛去，那細小的懇求透過睡夢，不斷地傳到她心裡。修煉千年，她卡在一個不大不小的關卡，大概不出百年就可以成妖仙。說眞話，能不管閒事就不想管閒事了，這也是她隱居到大都市的緣故之一。這個都市有能人看管，很多事情可以涼涼地坐著等別人處理。

這小鬼就不能住嘴嗎？殷曼幾乎暴跳了，自己也眞是有病，當初爲什麼要讓他知道自己的名字呢？

一聲聲的「殷曼」，讓她坐立難安，她想到遙遠的歲月，那個幾乎忘卻的、她之所以要修仙的緣故……

她終於忍不住展翅而去，火冒三丈地飛過大半個城市，衝進了君心的臥室，怒吼著把他叫醒：「吵三小？辣塊媽媽的叫魂哪?!要我吃了你嗎？死小鬼！老娘不吃人肉，吵死啦！」

君心猛然驚醒，看到雪白翅膀在他頭上盤旋，顧不得殷曼的怒火沖天，他跳起來一把抱住，「姊姊！姊姊！殷曼姊姊！」

「誰是你姊姊？」殷曼罵著，許久波瀾不動的心卻酸軟起來。在遙遠的歲月那頭，也曾經有過這樣的呼喚……

她掙脫開來，發現自己衝動而來，居然沒有假身。輕嘆一口氣，她幻化成人形，不大高興的把他推遠點，「我是妖怪，你該害怕得要死，沒事半夜叫什麼魂……欸？」

殷曼搭了一綹髮絲過去，有些驚疑不定。她沒仔細察看過這孩子——大妖跟

修道眞人接近，於世事早已淡然，當初一時憐憫給了他一口妖氣，也是臨時起意的。但是剛剛一推……

才發現這孩子有些古怪。

體內禁制一停止，原本的遮蔽就消失了。內觀才發現這個人類孩子氣海洶湧，滔滔不絕，只是拘於禁制，只能在丹田盤旋，不入經脈。但是自己的那口妖氣卻像個細小的錐子，一點一滴的破壞禁制。

萬一禁制被破壞，這個完全沒有修煉的小孩子就像是滿水位的水庫，只要鑿出一個小洞……

殷曼心頭一涼。

再想深一層，殷曼就不只是一涼了，根本就是如墜冰窖。

一個沒有修煉的人類孩子，居然有這樣的眞氣，要不就是他吃了什麼內丹金丹之類的……但這是二十一世紀，修道人口少到不能再少，人類早已遺忘修道之路，就算他們妖類，認眞修行的也是百不及一，還常常被認作是笨蛋，這點可能

性可以排除。

另一個可能就是——他是遭貶的仙佛之一。這樣就比較說得通，也讓殷曼頭皮發麻不已。若是遭貶歷劫的仙佛，她插手干預天命，後果不是一個小小的妖怪可以承受的。

但是想到那個差勁的禁制……與其說是禁制，還不如說是個惡咒。若是遭刑天而貶的仙佛，不會用這樣不入流的惡咒吧？這個可能性也很低。

再來就是流放或被迫解體的魔……但是探查來探查去，又感受不到與生俱來的半絲惡氣。

她就這樣逕自發愣，君心也望著她不說話，心滿意足的眼中，帶著純眞的仰慕。

去了恐懼，仔細端詳著殷曼。修煉千年的她，隱隱的從雪白肌膚下透出一層淡淡的珠光。眉目如描如畫，細緻而安詳。挺直的鼻梁下是嬌嫩的唇，就算是在罵人，也是好看得不得了。

雪白的翅膀大大的伸展在耳上，幻化成人形的軀體朦朧得像是幻影般，站在漆黑的房間裡，也隱隱有光。

像天使，殷曼眞的好像天使。

許久，殷曼才嘆口氣，收回髮絲，喃喃抱怨著：「我就知道天劫沒那麼好過。劈雷閃電算什麼？現在這個人禍才厲害呢……」

她示意君心坐下，心事重重的瞧了他幾眼，終於下定決心。

「孩子，你找我幹嘛？」殷曼實在還抱著微小的希望，若是他要修道以外的任何願望，她都打算盡力滿足他，終究是有緣。

「……我叫君心。」他仍然臉孔微紅地望著殷曼。他生長在缺乏愛的家庭，奶奶成天念佛，連多說一句話都吝嗇；而母親不是跟父親吵架，就是對他不理不睬。眼前這個妖怪姊姊，反而讓他覺得可親。

「君心。」殷曼有點頭疼的按按額頭，「你想要什麼？」

「……我想留住妖氣，但是我不會鍛鍊。」

殷曼半晌不開口，臉孔陰沉了下來。若是爲了他的小命著想，這口妖氣得收回來。收回來他終生就是病人了，不收回來，沒有引導的眞氣一定會爆了他的經脈。

她幽幽的嘆了口很長的氣。「君心，你知道，我是妖怪。」

他點點頭。「我不怕的。」

「我怕死了。」殷曼喃喃著，「好吧，救人救到底……所以說，喜歡多管閒事的得來看看我的下場……」

她仰頭看著天上的明月。過了千年，月色和家鄉別無二致。

「我收你爲徒。」她淡淡地說，「我教你人類修道的方法。你若想留住那口妖氣，就只能修道，我可不保證是舒適的康莊大道。」

「師、師父。」君心口吃著，想要照著電視劇演的跪下來。

「得了。」殷曼飛出髮絲將他一托，「你不能認我這師父。」沒有大成就就算了，萬一修出點成績，一個妖怪師父叫這孩子怎麼抬得起頭？「歲月對我是沒

意義的，你就叫我小曼吧！」

「……小曼。」君心不知道為什麼紅了臉，小小聲的叫了。

他不知道殷曼心思細密，若是以小名相稱，修道者頂多就認為殷曼不過是君心收服的大妖而已，不會疑到師徒關係。她既然因為心慈救了這孩子，就不想讓他將來難堪。

「你要築基……我幫不了你。我是妖，沒有經脈可以行功。」殷曼決心隱瞞他的狀況。這麼小的孩子，跟他說這些幹嘛？他也不用築什麼基了，他現在的問題是資本太雄厚，放出來會山崩地裂。

「我教你引氣導流，但是也只能教。至於如何運行，你要靠自己。人妖殊途，我能幫上的忙不多。」

殷曼輕嘆，跟他講解了「調息」的入門。

因為君心什麼都不懂，要不然他一定會懷疑為什麼殷曼對人類修道如此了解。他也並不知道，這位博學多聞的千年大妖除了曾經隱身道門，鑽研多年道籍，所知所學恐怕世間眾生無人可及。

就這樣，李君心踏入了修道之途而不自知。這個時候，殷曼也還不知道自己的一時心慈，正式啓動了兩個人的命運。

每天放學之後，君心都會背著書包到殷曼家裡「補習」。

李家根本沒人管著他，就算晚歸父母也不知道；而一個小學生理直氣壯的要補習，大樓管理員也不會阻攔，這個大都市各管各的，沒人多去注意一些些。

只是殷曼自己覺得很命苦。她堂堂大妖，修煉只差妖仙一步，連天劫都熬過了，臨飛升前居然還得當小學生的保母……眞是多管閒事的倒楣下場。

要不是君心聽話又貼心，她可能不到三天就把他掃地出門。

不過君心第一次去殷曼家裡，倒是呆掉了。明明是在繁華地段的大樓之中，雖然算不上亂——什麼都沒有怎麼亂？但是地上蓋了厚厚的灰塵盈寸，他踏下去

眞是一步一腳印。

空落落的套房只得一桌一椅一床，桌上居然還有部電腦。床上躺著個沒頭的軀體，把他嚇得跳起來。

殷曼翻翻白眼，有點受不了他，「那是我的假身。出門要『穿』的。」她誦咒，軀體縮成一個沒有腦袋的精緻木偶，小小的，還沒巴掌大。

「小曼、小曼姊，妳不是可以變出身體嗎？」他驚訝的捧著這個木偶。

「那是虛的，不能拿筆，就只是個騙人的假影子。」殷曼在家裡露出眞身，就只是個頭顱在家裡飛來飛去，「如果要出門繳水電瓦斯費、跑銀行，當然要能握筆的假身啊。」

妖怪還要繳水電瓦斯費啊？還得跑銀行？眞是神奇……他瞪大眼睛。

張望了一會兒，找出掃把，開始掃地，「小曼姊，我查過好多書……妳到底是哪一種妖怪啊？」

殷曼用頭髮開了電腦，居然有模有樣的用髮絲敲打著鍵盤，「我是飛頭蠻。

我們這族很稀少，連《山海經》都不錄的。」

……電腦不稀奇，但是打電腦的妖怪很稀奇，用頭髮打電腦的妖怪更是稀奇中的稀奇。

殷曼半天沒聽到動靜，轉頭去看，只看到君心張大嘴望過來，她實在有點想笑。「沒看過打電腦的啊？」

「呃……」君心有點尷尬，「這個，小曼姊，妳在打什麼？」

「寫稿啊。」她很理所當然地說，「不然哪來的收入付水電瓦斯？基本費也都是要錢的。」

眞是不可思議……等他看到內容，更不可思議的叫起來：「妳是『他』？妳是無語？那個寫奇幻小說的無語？」

這個寫怪力亂神的小說家崛起幾年了，喜愛閱讀的君心一直是「他」的忠實讀者，沒有想到居然是……居然是個「她」，而且這個她還是妖怪！

「很稀奇嗎？」殷曼打了個呵欠，「陳穀子爛芝麻的往事掃一掃，隨便寫寫

也有人看，現在的人類果然生活得很無聊。」

那些鬥法寶修眞的居然是眞的……君心咚的一聲，倒在還沒掃好的灰塵裡，昏了過去。

殷曼又打了個呵欠，「人類眞是脆弱的小東西。」她無精打采的繼續出賣眾生友人，劈劈啪啪打了一夜。

第・二・章

一個穿著制服的俊朗少年盤腿打坐，跟個大妖面對著初昇的太陽修煉，那種場景說有多詭異就有多詭異……

殷曼呻吟一聲，睜開一隻眼睛，然後無奈的閉上，用頭髮塞住耳朵。不過好像沒什麼用處，吸塵器依舊震耳欲聾的嗡嗡直響，她有股衝動想炸了那個鬼玩意兒。

三年了……每天的清晨都是這個鬼玩意兒吵醒自己，她已經覺得自己快崩潰了。

「幾點灰塵不會要了我的命，快關上這個鬼東西！」她尖叫起來。

君心不以爲然的搖搖頭，「環境清幽才有助修行，小曼姊，妳忍耐一下……今天有妳最愛吃的水梨唷。」

她不甘不願的睜開眼睛，鬆開了屋頂的細線，飛了下來，無精打采的坐在一塵不染的桌子上，忍耐著隆隆的吸塵器。

正在忙碌打掃的少年，已經跟三年前細瘦的小孩子不一樣了。

病魔既去，他像是迎風招展的白樺樹，長得又高又矯健。病弱時宛如少女的嬌羞，經過了身心鍛鍊的修道後，已經蛻變爲英氣風發的俊朗。童年老是被欺負的過往沒在他心裡留下殘酷的種子，反而讓他更同情弱小，體恤別人。

上了國中以後，他的人緣好到不能再好，但是跟別人都有段禮貌的距離。

他在太小的時候就體會到世態炎涼。在他最弱小無助的時候，沒有任何人幫助他；等他強大聰明起來，別人才忙著巴結奉承，錦上添花。雖然他無心報復，但是很難對人付出體恤以外的眞情。

除了殷曼。

這幾年和她相處下來，早就看慣了這個千年大妖只有個頭顱飛來飛去。而殷曼雖然已經修煉到最後階段，卻還有些小孩子脾氣，不喜歡打掃，愛賴床，總是懶洋洋的提不起勁。有時想想也很好笑，自己倒像是她的兄長一樣。

明明是這樣無所不能的大妖……

跟著殷曼，他也認識了幾個隱居在都市裡的妖怪。這些有幾百年道行的妖怪不是用傀儡術弄幾個式神（註一）讓自己住得舒舒服服的，要不然就收幾個小妖當弟子順便充當僕傭，至不濟也弄個鬼靈來打掃。

就只有這個備受尊敬的大妖，一聽君心的提議就狠狠地巴了他一下，「生靈是讓你拿來當玩具的？給我好好改改這種觀念！」

君心只能苦笑的摸著腫起小包的頭，乖乖的拿起吸塵器，「是是是，有事弟子服其勞，這種小事我來就好。」就這樣，他每天天不亮就到殷曼這兒打掃，順便弄些水果給她吃。

原本修煉到這地步的妖怪是可以不進飲食了，但是飛頭蠻這個怪異的種族原本就是以花果為主食。殷曼吃得極少，偏喜歡不同的口味，自己卻懶得弄，君心發現她的小嗜好，每天都會拎袋水果來討她開心。

又知道她懶，總是用小湯匙在水果上頭挖出小小的果球，襯上幾片花瓣，擺得漂漂亮亮的。也因為剩下來的水果扔了可惜，隔夜的水果殷曼是不吃的，君心只好統統吃下去。

這個誤打誤撞，反而讓君心的體質去濁趨清，肉類這種重濁食物越吃越少，倒是有助修行。

等君心弄好了一盤水果，殷曼才睜開瞌睡兮兮的眼睛，慢條斯理的吃著，「做什麼天天跑來？被窩裡多溫暖，睡懶覺是多麼大的享受啊～～」

說到這個就頭疼。她作爲一個師父，恐怕是不太合格的。要她嚴格督促君心，恐怕要等太陽打西邊出來；別人家的師父恨鐵不成鋼，她嫌自己的徒弟太拚命，總是勸他多休息。

「我來陪小曼姊修煉。」君心很懂事的回答，一面啃著水梨。

「……你又不是妖怪！吸收什麼日光精華？」殷曼沒好氣地說。那種場景說有多詭異就有多詭異，穿著制服的俊朗少年盤腿打坐，跟個大妖面對著初昇的太陽修煉。

「有規定不能夠邊吸收日光精華邊吐納嗎？」君心理直氣壯的回駁。

是沒有。殷曼悶聲不吭的吃著水果，一面覺得有些頭疼。

收了個人類小徒，已經讓她的妖類同修引爲笑柄。這個都市雖大，消息傳遞倒是很快的，八卦是不論人類妖類都相當喜好的。在這城市跑動的仙魔眾生都當茶餘飯後的消遣話題。

剛收的那一年，每到早晨她小小的陽台就「生」滿爲患，連幾個到這邊出任務的神人都嘖嘖稱奇的跑來看。幾年下來才好些，要不然生性淡泊的她實在煩不過了。

打了個呵欠，她睡眼惺忪的幻化成人形。在人類的都市中，她不希望太驚世駭俗，必須出現在外面的時候，她依足了人類的規矩，甚至去出版社領稿費，她還會刻意穿上名牌衣服，裝得像人一點。

即使只出現在陽台，她還是很規矩的變得跟人一樣，就算只是個虛影。君心很開心的扛了個墊子，在她身邊有模有樣的打坐。

他們的一天，就是這樣平淡卻不太平凡的開始了。

將初昇太陽的精華盡收運行爲己用後，殷曼張開眼睛思索著。

她修仙一向很順利，連天劫都輕輕鬆鬆應付過去，但是現在卻卡在最後一關

——化人。

只要她能眞正蛻變爲人形，照著人類修道的方式修個一百年甚至更短，就可以飛升爲妖仙了。

運作內丹，殷曼實在百思不得其解。她不但抵達化人的境界，甚至還超過了，但是她卻無法進入化人的階段。

因爲她是個淡泊、順應天命的大妖（絕對不能說她懶，雖然是事實），所以她沒考慮過金丹或者是找個認識的仙人打通這個關卡。

反正時間對她來說已經沒有實質上的意義，金丹還得去搶去偷，自己練她是絕對不幹的（多麻煩），她認識的仙人雖然不少，但是敬而遠之的居多。若不是身在這個有能人看管的都市裡，她早就被這些不懷好意的仙人抓去煉化什麼仙器了。

這個華麗而污穢的都市，有著無數的九字切（註二）。在異國管理時，不知道爲什麼將這個都城規劃成一個神魔輩出的魔性都市。都城建立到現在沒有出任

何大亂子，實在是人類的功勞。

規劃魔城的是人類，將之守護的，又是另一些人類。在這片總是籠罩著煙塵黃霧的邪美都市裡，每一代都會出現人類的管理者，就算神魔出現在此，也得向管理者伏首。

或許是這個都市的意志吧。這個高傲的、卑微的、華貴的、庸俗的都市，有了自己的意志。這個魔性都市的意志，選了人類這個中性種族管理一切。

眾生的力量，沒有強大過自然的力量。即使修煉到妖類的頂端，她也只感受到自己的渺小。

殷曼的冥想總是很久很久的，君心跟她說了三次要去上學了，看見她沒反應，聳聳肩，背起書包就走了。

他很清楚，殷曼對他是無可奈何的包容。人類和妖類的壽算相比好比蜉蝣一

般，若是放了太多情感，將來對誰的修行都不好。所以殷曼的刻意冷淡，他很明白，也很感激她的用心。

任是誰也不會比殷曼更爲他著想了。她不但收容了一個孤苦的異族病兒，還用她特有的淡漠關注照顧著。

每天他放學就跑去殷曼那兒做功課，表面上，殷曼似乎只專注的打著電腦或者是冥思修煉，但是他功課一遇到困難，用不著他開口，殷曼就會淡淡地說：「再想想。想不出來，我再講給你聽。」

不管是什麼時候，殷曼就算修煉到物我兩忘，或者是寫稿寫到沉醉，都會分一絲心神注意他的狀況。

也是她這個不理俗事的大妖發現了君心鞋子穿不下，衣服太小了，悶不吭聲的穿上假身帶他出門去買衣服鞋襪（明明她是非常討厭穿假身的），也是這個淡漠的大妖仔仔細細的跟他講解修煉法門，甚至不惜妖力的大把揮灑，幫他渡過一次又一次的關卡。

他並不笨，相處一陣子以後，他知道在妖類眼中，收了人類徒弟的殷曼成了大笑柄。而殷曼什麼也不說，像是什麼都不要緊似的。

但是君心對她的感激和孺慕越來越深了。

雖然這個喜歡自己碎碎唸的妖怪師父從來不說，君心也知道，她卡在化人這關已經二十年，若是能突破，就可以突飛猛進的飛升爲妖仙。

如果可以幫她該多好啊……他皺起眉，苦苦的思索著。

放學後去「幻影咖啡廳」走一趟吧。他很知道殷曼貪懶到極點、討厭欠人情到極點的個性，既然她懶得問，那當弟子的幫她問問也沒什麼。

因爲她是他最喜歡的小曼姊嘛。

幻影咖啡廳的入口有些奇怪，原本這就不是給人類來的。這是流盪在這個城市的妖怪、仙人、神、魔等眾生休憩談天的場所。

想要進入的人，得飛快的在一秒內橫渡三次十字路口，才有辦法找到幻影咖啡廳的招牌。

君心最討厭這個過程，畢竟他修爲還低，雖然三年就到了開光前期，已經是了不得的成績了，但是要進入幻影咖啡廳，還是很吃力。

他不知道的是，殷曼刻意壓抑他的進度，不然照他的資質，應該無可限量……只是走火入魔也是隨時都可能發生的。爲了怕別人覬覦他的資質，殷曼小心的在他身上加了層小小的封制，讓眾生看不出來他是修煉的上好美材，省得莫名其妙被煉化或採補了。

等君心跌跌撞撞的跌進幻影咖啡廳，一干眾生都停下交談，看著這個稀有的人類。幾個以採補爲修煉正途的妖類已經開始舔牙齒了。

「喂喂，別動他，他是殷曼的徒弟。」咖啡店老闆是狐仙，據說來歷很神祕，在這種三不管地帶可以開這種龍蛇雜處的店，也足見他相當不簡單了，「而且，你們不希望『管理者』跑來吧？別忘了你們在誰的地盤上！」他朝一旁

開著的電腦努了努嘴。

含含糊糊的抱怨響了起來，妖類都轉頭過去，只有幾個看似吃素的眾生很有興趣的望著這個希罕的人類。

君心倒是有些傻眼。這個大名鼎鼎的管理者他是聽說過了，妖類連她的名字都不敢提，神魔則是能不談就不談。很稀奇的是，這位管理者不但是未曾修煉的普通人類，甚至有本事透過電腦管理整個都市的眾生。

人類……其實也有不輸其他種族的能人異士啊！他不由得挺了挺胸膛。

「君心小弟，你家那個懶惰師父呢？」狐仙很和氣的招呼他，「欸？你一個人？」

「嗯。」君心衝著他燦爛的笑笑，「老闆，我要一杯普通的柳橙汁。」他坐在櫃台上。

這孩子……修煉的很有成績啊！狐仙有些驚異的望望君心，他的氣偏純，許是日光精華吸收多了，隱隱發出金光。跟第一次看到他那種頹靡的死氣相差好比

天與地。

沒想到那個懶惰成性的殷曼花了這麼大的力氣教出這樣的孩子，倒是得對這個小蠻女刮目相看了。

「好啦，『普通』的柳橙汁。」狐仙老闆有點遺憾的搖搖頭，「你師父把你教壞了。我這裡的料可不是別的地方喝得到的……加點天仙曼陀羅？」

「等你毒死他，你看殷曼會不會掀了這裡。」旁邊的花仙瞪了瞪他，「我也要『普通』的曼特寧。狐影，你給我亂加，看我會不會掀了這裡！」

「眞是不懂欣賞。」狐影抱怨著，「這些可是花大力氣搞來的，喝了以後對仙體極好……」

「死得也極快。」另一個佔據櫃台的花仙翻了翻白眼。「殷曼沒哪兒對不起你，別欺負人家小孩子。」

君心忍不住笑了起來。他跟殷曼來了幾次，知道老闆是狐仙，而狐妖一族對藥草金丹本來就有奇特的見解，這位名爲狐影的老闆更是當中的佼佼者。

「老闆……」他躊躇了一會兒，「請問有沒有可以讓妖怪進入化人階段的丹藥？」

狐影睜大眼睛瞧了瞧他，「我跟殷曼什麼交情？如果有，怎麼會不給她？怎了？殷曼要你來打聽？」

君心頻頻擺手，羞得臉都紅了。他修煉已有小成，加上天生的俊美，流露出一股純真的魅力，兩旁的花仙都看得如痴如醉，「不是不是，我是想知道有沒有這種藥方，有的話，要些什麼材料，我能不能辦到……不然看小曼姊老是苦惱，我……我又一點忙也幫不上……」

狐影笑了出來，「這種心意是很可佩的。」兩個花仙已經笑到趴在桌上。要知道，金丹煉製繁瑣，還有種種藥材求之不易，修道人可能終生都無法求全最普通的丹藥藥材，連仙人爲了採藥都煞費苦心未必周全，而一個普通人類居然想要採藥煉丹，豈不是緣木求魚？

「別笑話人家，你們誰會替師父想這種事情？一群沒孝心的徒兒，我替你們師父不值。」狐影笑斥花仙們，繼而轉頭跟君心說：「其實殷曼根本不用什麼丹藥催化，她早就破了這個階段了。之所以無法化人……實在是她有三大心障未除。這只能靠她自己，任何丹藥都幫不上忙的。」

心障？君心呆了呆，這倒是從沒聽殷曼說過。「是什麼？」

狐影笑著搖頭，「我不能說，天機不可洩漏。」

「她啊，孟婆湯少喝了一口……」一個花仙笑道。

另一個花仙厲聲制止她，「石榴！別胡扯！」

名爲石榴的花仙掩了嘴，咳嗽一聲敷衍過去。

狐影皺了皺眉，「許多事情是說不得的。孩子，你對殷曼一片赤誠，連我這個天不拘地不管的狐仙都感動。她的心障要靠自己，但是你在她身邊就是了不起的幫忙了。她說不定因爲一念之慈，反而能有所突破。你們倆，魚幫水水幫魚，你跟著她，算是福分了。修道之途大不易，就算你沒修成，也去病延年，好多陪她幾年。」

君心聽得糊裡糊塗，但還是乖巧的點點頭。他會認眞修道，也是因爲修道者可以多活些壽命。一想到殷曼千年來都是孤身一個，連個可以說話的對象都沒有，不知道爲什麼，心裡就是一陣酸痛。

雖然他知道若殷曼修成妖仙飛升了，自己未免孤單，但是自己孤單好過讓殷曼孤單，之所以爲何會這樣想，他其實還不明白。

「你放學不乖乖回家，跑到這邊來？」只覺得腦袋被巴了一下，他摀著頭，看見了殷曼，整個臉都亮了起來，狐影暗暗搖頭。

這孩子居然是因情入道，實在埋下走火入魔的因子。

「幹嘛？徒弟也就來喝杯果汁，管得這麼嚴？」狐影打趣著。

「哪裡沒有果汁，得跑來這裡喝？」殷曼走入咖啡廳引起一股小小的騷動，這個都市修煉千年的妖怪一隻手也數不滿。雖然殷曼個性平和，但和她起衝突絕對好不到哪去。「別亂搞東西給我家君心喝，怕他活太長？」

「我哪裡敢？」狐影叫屈了。

石榴咕噥著：「你還有什麼不敢的？」

殷曼皺著眉看他，狐影無辜的搔搔下巴，「我眞的沒有呀！我還打算拿『固源丹』給他，看起來是不用了……」他攤開手，一粒充滿香氣的豔紅丹藥在掌心。

懶得跟他囉唆，殷曼一髮奪去那枚丹藥——雖然她使用假身惟妙惟肖，卻很厭惡用手拿東西——拋給君心，「別說我白拿你的。」

從髮尖湧出無數金沙，細細的堆了一小堆在櫃台上，連花仙都忍不住輕呼。須知妖類修煉從吸收日月精華最難，根基卻最扎實。饒是殷曼這樣不疾不徐的烏龜性子才有那種耐性，在千年間不間斷的吸收日光精華，順便煉化日光爲「精沙」。這是煉丹的極品藥材，就是爲了一粒也可以打得頭破血流，殷曼居然爲了一顆普普的固源丹不惜血本，她饞得口水快流下來。

「那個……我不用這麼大堆，一粒，一粒就好！」花仙掏出異香異氣的丹藥，「我拿『萬艷同窟』跟妳換！咱們多年好朋友了……」

「梨花，妳湊什麼熱鬧？」殷曼看著這群流口水的懶鬼，頭痛不已，一髮指向狐影，「找他要！」

「我有龍嚴丹！」

「我有烏血丸！」

「我有……」客人幾乎瘋狂了，一面把貴重的丹藥拋給君心，一面撲向櫃台搶精沙。

「別搶別搶！」狐影手忙腳亂的收精沙，「靠！你們趁火打劫啊？這是我的啦！」

轉瞬間雷鳴閃電、火躍冰跳，眾法術齊下，煞是好看。只是身在法術圓心的眾生不太好受而已。

連淡漠的殷曼都忍不住笑出來，悄悄拉了拉君心，離開了咖啡廳。

「小曼姊，這些金丹怎麼辦？」君心捧著大包小盒的丹藥，又好笑又好氣。好歹都是修煉者，爲了粒精沙大打出手，跟幼稚園的小朋友沒啥兩樣。

「用任意門收起來囉。」殷曼隨口說著，口誦眞咒，喚出一個小封陣，將金丹掃了進去，凌空就消失了。

看君心張大嘴，不禁好笑，順手把那顆固源丹扔進他嘴裡，心裡有些感激那個啥都不說的狐仙。論理，他是仙而殷曼是妖，狐影要擺架子，誰也莫奈他何，但是這個隨和的妖仙卻和她這個妖怪平起平坐，朋友相稱。

連她這個古怪的小徒也沒逃過狐影清澈的眼底，反而送了顆於君心有大益的固源丹。

之前君心的修煉，都是殷曼默默護持，以妖力導引豐沛的眞氣，開溝引渠，導入經脈而不使氾濫。但是這種做法實在是前所未聞的，從來沒有妖類助人類修煉，誰也不知道有什麼後遺症。

現在有了固源丹，像是有個氣海裡的指南針，就算是君心自己修煉，也不至於出岔子了。

只是他們不知道，殷曼的妖力還是很巧妙的混雜到君心的眞氣裡，使得君心的根本起了非常微妙的變化。原本人類無法吸收日月精華，但是因爲這淡薄的妖力，居然讓他能夠道妖雙修，進展更是一日千里。

這個時候的他們，什麼都還不知道。

❧

這個夜，還是很靜。

爲了陪君心回家，殷曼沒有隱身飛回去，乖乖的用假身慢騰騰的走，一面跟他講解小封陣的用法。

君心一聽懂了，馬上使了一次，高興得幾乎跳起來。他原本少年心性，一路走還一路呼喚關閉，拿進拿出，殷曼也沒阻止他，只是輕誦了個隱蔽法，不讓人看到他拿進拿出的東西。

對於這個小徒，殷曼實在是溺愛著的，只是嘴裡從不說什麼。見他領悟得快，殷曼也覺高興，嘴裡卻是淡淡地說：「這種小玩意兒算什麼？你若眞的喜歡，我教你怎麼使法術好了。這種東西玩耍倒是不錯的，只是太平盛世，沒什麼大用處……」

她突然停了下來，黑髮陡長，刷地佈下一個防禦結界。

「果然是千年大妖，道行不同凡響。」陰影裡有著朗朗笑聲，走出一個和藹可親的老人家，他後面跟著一個俊秀的小女孩，捧著一個其大無比的鳥籠。

殷曼不作聲，只是戒備著。君心看著那個小女孩，過分精緻的容顏和四肢，感覺有些親切……對了，跟殷曼的假身很接近。

那個小女孩是式神吧？他精神緊繃，不知不覺放出眞氣。

老人家輕哼一聲，輕蔑的看看君心，心裡也有些犯疑。這小鬼不過到開光期，是怎樣誘使這個千年飛頭蠻與之同行的？大約是這小鬼的祖先於這小蠻女有恩，而妖類又是那種蠢笨性子，一路護持後代到現在。

他把注意力放在殷曼身上，興奮得有些顫抖。他追獵飛頭蠻已經很久了，沒想到天劫前可以找到飛頭蠻，而且還是個修煉千年的飛頭蠻。

殷曼對這種貪婪的目光卻沒有什麼反應，只是淡淡地道：「老道，你都是要應劫的人了，何必來找我麻煩？在都城你動輒得咎，可別觸怒了這邊的管理者。」

「可不是？我們應該尊重這裡的管理者……」老人家不屑的撇撇嘴，「管理得真好啊，讓個都城成了妖怪的巢穴！」

「就算是妖怪，在都城也不敢做惡、爭鬥，更遑論修道者了。」殷曼不願意和他多說，「我勸你就此離去，趕緊去準備天劫吧。」

「我自然會離去，只是先讓你們見個面兒。」他做了個手勢，身後的式神面無表情的揭開鳥籠上的罩布。

殷曼呆了。

兩個只有拳頭大的小小飛頭蠻尖叫哭泣著，掙扎著在鳥籠裡飛撲，翅膀上被細細的鐵條撲出一條條的血痕。

「他們……還是嬰兒啊！」從來不動怒的殷曼怒吼了出來，妖氣夾雜著怒氣，隨著張狂的黑髮，直撲老道的門面。

「小曼姊！」一旁看得驚心的君心大叫，他雖然不知道管理者是怎樣的人，但是嚴禁在都城裡死鬥，這個他是很清楚的。

黑髮絞擰如利刃，凝在老道的面前。殷曼咬牙切齒，狀如鬼神。

老道胸有成竹的笑笑，搖搖頭，「小兄弟，你該讓她先攻擊我……」若是這樣的話，他收了這隻飛頭蠻，就算是管理者也不好說什麼，「太多嘴了。」

沒見他誦咒抬手，君心已經飛了出去，若不是殷曼的長髮將他捲了回來，卸去了衝力，恐怕君心已經受了沉重內傷。

「我在海南恭候大駕。」老道陰沉的笑了笑，最初的和藹可親全像是影子般逃逸無蹤。「若要這兩個小飛頭蠻，妳最好快來，別躲在管理者的裙子下發抖。可要快點，不然這兩個小鬼可是撐不久了……」

朗朗的笑聲聽到殷曼的耳中像是魔鬼的笑聲。她的心受到很大的衝擊，將君心放下來以後，突然哇的一聲，吐出碧綠的血，明媚的雙眼突然湧出鮮紅的血

淚。

假身頹然再也無法支使，縮小成一個木偶。受了輕傷的君心趕緊抱住殷曼，聽著她崩潰悲慟的哀啼，覺得自己的心都要碎了。

一股蓬勃的怒氣陡然而生。因爲了解殷曼的悲傷，所以他的怒氣更如火般的旺盛。

用外套裹住殷曼，他一步步的，走回殷曼的家中。

註一：式神，被人類操縱的非自然生物。除了大名鼎鼎的安倍晴明，尚可見散見於《日本今昔物語》與《宇治拾遺物語》等著作中，稱之爲「式神」，也有叫作「識神」的。《聊齋》裡頭亦有記載，白蓮教徒可灑豆成兵，或者剪紙人變化人形或紙鳶等等，亦有役鬼之說。

只是「式神」因爲《陰陽師》一書較爲人知，所以從之。

註二：九字切，原出於東晉葛洪所著《抱朴子·登步》：「臨兵鬥者，皆陣列前行，常當視之，無所不僻。」原於護身所用，然由日本及西藏密宗發揚光大，配合唸誦眞言及手印來護身，也被改成「臨、兵、鬥、者、皆、陣、列、在、前」。

日本的陰陽道非常重視這九字眞言（也稱爲九字切），後來依手印結法（類似九宮格），據聞京都的棋盤狀道路就是爲了因應九字切的手印所建造。

在此採取野史說法。不過九字切（棋盤狀道路）有其弱點——造成許多十字路口。據陰陽道說法，十字路口容易造成異界的裂縫，所以京都多鬼怪。奇妙的是，西洋亦有十字路口的不祥的禁忌。

第・三・章

在這心念一動間，她已經破了化人的第一步——胎結。
起因是，她想用「手」摸摸君心……

回到家中，君心才發現自己身上都是殷曼的血淚，看起來像是滿身的鮮血，很駭人。

但是再怎麼駭人，都是他親愛的小曼姊。

殷曼默默的蜷伏在他懷裡，君心也不說話，只是抱著她，安靜的坐在床上。良久，殷曼才飛了起來，輕誦眞咒，喚出另一個小封陣。

「君心，這些是我所有的家當。」殷曼苦笑了一下，「雖說是家當，但是也沒什麼有用的……我懶得很，既不愛煉法寶，也不喜歡搶來積聚，這些小東西還是人家硬逼我收下的，都留給你了。有你用得著的就留著，用不著的，遇到有緣者就送了吧！」

「小曼姊，我不要妳的東西。」君心突然害怕起來，強硬的抗拒。

殷曼沒有說話，只是將裡頭的東西掃進開給君心的小封陣。「這些對你有用些……都是些法術概要。呵呵，我一直學不會道士通用的簡冊，自己別開蹊徑，從普通人類那兒偷了點創意。」

她亮了亮幾片極小的光碟，「大概我會的、人類妖類有的法術，我都錄進來了。等你法力高深些就可以自行看光碟，但是現在看也沒關係，你用我的電腦就可以看了。你自己學習不易，我找個老師教你好了，等我先呼喚他一下……」

殷曼打開電腦，準備登入自己的帳號密碼，好連到管理者那邊，君心卻跳了起來，啪的一聲關掉電腦的電源。

「我的師父，只有殷曼一個人！」他激動得全身發抖，「小曼姊，妳不可以不要我！我再也不要，再也不要跟任何別人、別妖，就算是大羅金仙我也不要！我修煉只是爲了要多陪小曼姊一些時間，其他的，我什麼也不要，什麼也不想！如果沒有妳，我、我、我我我……我什麼都不想煉了！」

殷曼望著這個連聲音都哽住的少年，望著他簌簌發抖的激動，突然有點恍惚。幾百年來未曾波動的心，因爲族民被殘已經大大的受到傷害，而這個小徒的赤誠，又讓她的內傷雪上加霜。

她又吐出一口碧綠的精氣，君心慌張的抱住她，暖洋洋的眞氣無意識的輸進

她的體內，像是這個暗夜裡看不見的朝陽，一點一滴的，平緩她受創極深的內息。

「君心……如果說千年來人間有什麼其他的眷戀，那大概就是你了。」她慘然的一笑，「所以我才將一切都留給你……」

君心堅決的搖頭，「我只想跟小曼姊在一起。」

她沉默很久，「……我也這麼希望。」

其實，她發現，化不化人，似乎不太重要了。不能化人也不要緊，化人只是縮短成仙的時間，若是用妖身煉仙，時間可能還需要好幾千年，但也不是辦不到的。

因爲她有依戀了。她放不下，放不下這個古怪脆弱的小徒。如果有她在身邊，君心毫無疑問的，可以修煉成道。時間可能很久，但是時間對她來說又沒有意義。

重要的是，修仙這條孤寂的道路，她可以陪伴這個孩子。她不能明白，實在

不明白，這孩子是爲了什麼身負這種資質，這種近似詛咒的宿命。

加在君心身上的脆弱禁制隨著他年歲增長漸漸崩裂，若不是她偶然的扶了君心一把，禁制崩裂，沒有經過引導的、豐沛如怒濤的氣海，一定會爆裂全身經脈。

他若想活下去，根本沒有第二條路。連當個普通人的選擇都被剝奪了……

「君心，你聽我說，你是一定得修煉的。」殷曼喚出珠雨，洗滌了兩個人身上的血污，也洗淨了自己的臉。

靜了靜心，她簡單的說明了君心的狀況。「你沒有別的選擇。就只能……往前行，繼續修煉。不是爲了成仙，而是爲了活下去。」

「爲什麼？」君心驚呆了，「我什麼也沒做……是誰呢？爲什麼？」

殷曼搖了搖頭，「我不知道。我也打聽過，但是找不到答案……狐影認爲你是因罪被貶的仙人，但是我們也只是推測。」她悲從中來，「如果可以，我真的很想很想，很想要陪你啊……」

這是第一次，他看到殷曼流露出不捨、眷戀，而她不捨眷戀的，是自己，是

李君心。

一種近乎疼痛的狂喜悲慟席捲了他的心，簡直無法呼吸。

小曼姊……想陪我呢！她捨不下我的，她一直都捨不下我的。

我不是沒人要的孩子。

他的眼眶，馬上紅了起來，鼻頭一陣陣的發酸。他馬上把自己的險境拋到九霄雲外，再也沒有跟小曼姊一起更重要的了。

「我陪妳，小曼姊，我陪妳。」他激動的抱住她，「我我我……我不要看妳孤單，我……」

殷曼眼中露出一絲徬徨，淒然的搖了搖頭。

「我得去海南。這一去，很可能就回不來了。」她苦楚的一笑，「他們……也是我的心障之一。我會想要成仙，就是爲了我失散的族民……我放不下你，但我也更放不下這些最後的遺族啊……」

飛頭蠻的歷史很古老，可以上溯到刑天與天爭帝的古老年代。

刑天爭帝最後失敗告終，而和刑天同族的神族也遭到即將滅族的命運。但是和這神族交好的神人——開明向天帝懇求，甚至在天庭泣血稽首到天地悲慘，萬物爲之感動，天帝這才發了慈悲，將刑天一族廢貶爲妖，放逐到人界去。

罪神的遺族是很悲慘的，不但失去了軀體，只遺留一顆頭顱，又從高貴的神族貶逐成最低賤的妖類。但是開明卻暗暗的幫助這個罪族，即使遭貶，也還保留若干神性，飛頭蠻這個妖族就在古中國被稱爲「蜀」的地方安靜的隱遁下來。

他們的數量很少，失去了軀體，要繁衍後代更是困難。但是每個飛頭蠻出生時就已經擁有可修煉的內丹，在妖類中算是出類拔萃的了。殘留的神性讓他們擷取了飛鳥的精魂，不但讓耳朵羽化成翅，也借用了飛鳥的繁衍方式，以卵生解決了生育問題。

這個小小的妖族，就安靜的居住在蜀地無名的、終年雲霧繚繞的深山中，與世隔絕，以花果維生，並且以修煉成仙、重返天庭爲唯一的志願。

但是他們天生的優異資質卻引來極大的禍事。身爲妖類，就算他們不害人，不殺生，也會被眾生當成畜生般獵殺。沒有修煉過的飛頭蠻，可以煉化成器，作爲最好的法寶材料；就算不煉化成器，也可以因爲其內丹而功力大增。至於修煉過的飛頭蠻，更是希冀渡劫的眾生眼中的極品金丹。

待殷曼出生的時候，他們這個小小的妖族屢經劫掠，殘存的已經不到百名。她的父親就是族長，精疲力盡的將族民遷到崑崙，便耗盡所有精力亡故了，留下哀慟的母親和徬徨無依的族民。

駐守在崑崙的開明大爲震驚，將所有族民安頓在崑崙附近的深山裡。他安慰哀傷到失去顏色的母親，慈愛撫育出生不久的殷曼，安養所有族民，在他的照顧之下，殷曼無憂無慮的長大起來，飛頭蠻一族也得以喘息生養。

但是殷曼三百歲的生日時，卻發生了一件令人難以相信的慘劇。

重與黎兩位大神降臨到崑崙，要求開明將所有飛頭蠻交出來，爲的是西王母要煉製金丹祝壽，需要飛頭蠻的內丹。

神族將眾生看成什麼？將無辜的眾生看成什麼？

憤怒的開明拒絕了西王母的要求，而神族的報復是立即而直接的。開明被治罪，強行獵捕所有的飛頭蠻。

開明掙脫了鐵鍊，迎風變回眞身：老虎的軀體，九個頭都冒出太陽般的金光。他怒吼著上天的不平，神族的傲蠻，和所有的天神爲敵。他豁出性命不要，疾呼著飛頭蠻趕緊逃離崑崙，最後他力戰而死，倒在崑崙不起——即使死了，也沒有任何眾生可以將他的屍身抬走，他和崑崙融爲一體。

殷曼可以活下來，是因爲開明將她放在嘴裡——當神使前來崑崙時，她正和開明在草地漫步，開明見情況不對，便將她放進嘴裡保護。

等她發著抖，從已經變成岩石的開明口中爬出來時，原本美麗的崑崙，神境的入口，變得滿目瘡痍，神人的屍首、族民的屍首，重重疊疊，都漂蕩在血海中。

害怕的飛了很久，不住的呼喚母親和所有族民的名字，回應她的只有沉默，無盡的沉默。

不知道該去什麼地方，不知道該怎麼辦，她飛回已經死去的開明身邊，用翅膀圍住自己，嗚咽的哭泣不已。

「般曼啊……小般曼。就算只剩妳一個，妳也要存活到最後一刻，不能讓蠻橫的神族打敗了……」死去的開明，流出最後一點淚，「終究是我能力不夠，保不住你們……走，快走。等妳有能力的時候，把你們族民找回來……沒有任何種族是活該滅絕的，沒有……」

開明連魂魄都散了，眞正的、英雄一般的死去。

或許還有活下來的族民吧！父親死了，開明叔叔死了。但是她還活著。

我們飛頭蠻，不是爲了被滅絕才存活於世的。

她流浪了好幾百年，戮力修煉。一直到確定這片大地上，找不到飛頭蠻爲止。但是……她沒放棄希望。

她知道飛頭蠻的蛋可以保持很久很久，久到天地皆滅。就算是飛頭蠻都滅絕了，只要她成了妖仙，她就可以發下一個誓願。用她的所有仙體發下一個誓願。

從這個地方，流浪到那個地方。漫長的歲月讓她學會了傀儡術，她甚至能夠隱藏眞氣躲在人類的道觀默默學會了一切的法術和修煉知識。

當然，人類和其他眾生也沒有兩樣，殷曼在他們眼中，不過是妖，是畜生，是修煉的藥材金丹或法器。她總是轉身飛入天際，不多做解釋。

即使這些人類沒有一個打得過她，她也只是默默離開而已。

一直到兩百年前，她登上了一艘漁船，來到這個小島。這小島的滿地綠意讓她想起崑崙，而幾乎沒有修道者的小島，也讓她能夠安心的生活下去。渡過天劫以後，她發現了擁有管理者的都城，遇到了君心。

她以爲，世界上已經沒有任何飛頭蠻了。她也已經遺忘了多年前曾經擔起的責任和誓言。

但是當那兩個嬰兒出現在她眼前時，所有的悲傷與渴望，令人無法壓抑，無從忽略。

「我一定得去海南。」殷曼憂悒的一笑，「但是對手很強，我沒把握能回來。」

「我也要去！」君心大叫著。殷曼的過往讓他心裡充滿了說不出的痛苦和憂傷，他完全不知道，總是瞌睡兮兮懶洋洋的殷曼，居然有這樣痛苦不堪的過去。

「如果妳被那個老道士抓到……我一定要跟！」

「你還要上學。」殷曼冷靜了下來，望著窗外。她好久沒說這麼多的話了……不管此去是吉是凶，最少有人知道了他們的故事——他們飛頭蠻，血淚斑斑的歷史。

「都什麼時候了，還要上什麼學？」君心聞到一股香氣，心裡雪亮的知道不妙，但是眼皮卻漸漸沉重，咚的一聲倒在地上，「小曼姊，妳好過分……」

殷曼沒有說話，眼神裡充滿了孤寂、輕憐，和不捨。

長髮將君心捲到床上，輕輕的幫他蓋上被子。「大家都想活下去，對不對？但是我最希望你能活下去……」

望著躺在床上的君心發呆，殷曼飛到他枕畔，用臉偎著他。頭髮和傀儡都無法有觸覺，只有臉才有感覺。他的臉頰很光滑，很舒服。

不知道用「手」摸摸他的感覺會怎樣？心念一動，她覺得自己有些異樣。她運轉內息，察覺自己似乎突破了一個關卡，卻不知道是什麼關卡。

她在這心念一動間，已經破了化人的第一步——胎結。起因是，她想要用「手」摸摸君心。

發了很久的呆，殷曼展翅，飛了起來。外面下起狂暴的雷雨，她無畏的，飛入了未知的命運。

❦

君心比殷曼預期的還早醒過來。

人妖共修世所未聞，連見多識廣的殷曼也不了解。君心的體質已經微妙的轉成部分妖體，對於人類的迷藥有一定程度的抗性。

原本應該昏迷一夜的君心，卻在一個小時後就甦醒了，茫然的望著虛空。

小曼姊！

他霍然坐了起來，望著大開的窗戶，知道殷曼飛走了。

但是到海南千山萬水，她難道要在這種暴雨不盡的夜裡連續飛好幾個小時嗎？他慌張的跑出去，找到公共電話，打給母親，沒有人接手機。他打給父親，響了很久很久，終於有人接了。

「爸……爸爸。」這些年他很少與家人交談，有說不出的陌生，「我想去海南！」

父親連回答都懶，直接掛掉了電話。

暴雨不斷兇猛的下著，他被淋得視線都看不清楚，有些雨滴流進眼眶，像淚滴。

不行，現在不是哭的時候，他冷靜下來。父母親暗地裡都各有新歡，之所以還沒離婚，一來是財產分配還沒談攏，二來是祖父的信託基金還在自己名下，他們動不得。這些年，家人早就形同陌路，不肯幫他是應該的。

他只剩下小曼姊這個比親人還親的「妖」而已。

垂著腦袋想了一會兒，他咬牙衝過十字路口。闖紅燈的車子看見他衝了出來，煞車不及，碾過了君心後，撞上人行道上的消防栓，水花嘩然的噴濺出來，一時交通大亂，不少人看見有個少年被撞過去了。

但是除了撞到消防栓的半毀車子外，行人穿越道乾乾淨淨，什麼也沒有。只有寂靜的水柱嘩然若流泉，默默的看著君心橫越結界，進入幻影咖啡廳。

君心似乎沒有發現穿越結界不再有不適感，他打開大門，一屋子的客人訝異的看著渾身滴著水滴，狼狽不已的君心。

「君心？」狐影驚訝的停下擦杯子的動作，「怎麼這麼大雨還跑來？這麼晚了呢！」

看見狐影，他像是看到親人，眼眶開始蓄淚，「狐影叔叔……」他哽咽地忍住淚，把晚上發生的事情說了一遍。

狐影的臉色越來越陰晴不定，喃喃著：「渡劫好了不起嗎？把眾生看成什麼……又把都城看成什麼？」

「他什麼也沒做，我們也拿他沒辦法。」坐在櫃台上的一個少女開口，很是無奈。

君心朝那少女看了看，饒是這樣心焦，他還是看出少女的不尋常。似人，而非人；似妖，而非妖。他跟著殷曼已久，眼力已經不錯了，但是他看不出這個少女的路數。

「她是人魂。」狐影看出他的疑惑，「管理者那兒的管家，得慕。」

得慕衝著他一笑，瞋著狐影，「隨便把人家的來路說出來，你眞討厭。」

「管理者」這三個字點燃了君心心中微弱的希望，「得慕姊姊，妳能不能、能不能幫小曼姊？管理者本事那麼大……整個都城都在她的管轄下，求求妳……

救救小曼姊！」

得慕為難了，「小弟弟，不是我們不幫忙。但是各地皆有管轄，我們連這個小島都沒管全呢。再說，我們已經引起天魔兩界的猜疑，不大可能管到海南去……」

君心急得臉孔發紅，望著狐影，「狐影叔叔，那麼……」

「我是狐仙。」狐影更無奈，「只是託賴都城的方便進出，好隨時可以回族照應而已。身為仙籍，怕是比管理者更綁手綁腳呢，君心小弟。」

君心求救似的環顧咖啡廳裡的眾生，每個都低了頭，轉過臉，居然無一願伸出援手。

他低下了頭，心裡流轉著慘苦。為什麼……他還沒成年？為什麼他不好好修煉？若是他成年了，自己辦了護照就走，何必去求冷漠的雙親？若是他好好修煉，總是有能幫著殷曼的法術，不至於這樣無能為力。

第一次，他第一次感覺到自己的無能為力，並且因此深深憤怒。

「送我去呢？」他絕望的抬起頭，「送我到小曼姊那兒呢？狐影叔叔，請你幫我這個忙……我將來一定會還你的！只要你幫我辦護照就好！我自己有旅費，這些年我存了不少零用錢……統統給你好了！我要去找小曼姊……」

「孩子，你不要衝動。」得慕不忍心了，「來找碴的是什麼人物？羅煞修道過兩百年了，又是個人身修道，只要渡過天劫，就成仙了。羅煞又善於煉器，法術精著，光他通身亂七八糟的法寶就夠受的了。若是殷曼自己對陣，大概還有勝算，你去了又能做什麼？你不如安心在這裡，既然你是殷曼的徒弟，多少叔叔阿姨姊姊不照顧你？你還是安心修煉，等著她回來吧！」

「是啊！」狐影答腔，「你也忒把殷曼看小了。她或許生性平和貪懶，但是說到法術、修爲、妖力，連我這個狐仙都不敢冒然挑釁的。慢說其他，光是她的防禦珠雨我就要頭疼不已了，更遑論區區一個羅煞……」

「小曼姊不會贏的。」君心絕望了，「她就算能贏也不會贏。羅煞有飛頭蠻的嬰兒……」他說不下去了，只是疲憊的把臉埋在胳臂裡。

狐影和得慕相視，臉色大變。狐影和殷曼相識數百年，個性相同淡漠，雖然來往皆是淡淡的，卻是少有的妖族知己，對於殷曼的往事知之甚詳。而得慕在管理者手下做事，都城各妖異眾生皆有在檔，自然也明白。

殷曼心心念念的都是族民的存續，眼下出現了這兩個嬰兒，就算要她掏出自己內丹，她也是心甘情願的。

「那麼，你去就更沒有意義了。」得慕輕輕喟嘆，「我們相逢有緣，自然會尋覓明師指點你……」

「我不要。」君心冷冷的抹抹臉上的水滴——或者是淚滴，「我想跟小曼姊一起。人都是會死的！一定會，早晚而已！我希望……我希望最後看到的是小曼姊！」

除了殷曼，他是什麼也沒有了啊！

一直沒開口的狐影抱著雙臂，狹長媚人的眼睛若有所思。「大道循環不止，必有深意。緣起緣止，亦爲道行。」他笑了起來，聲音帶著異樣的魅惑，原本俊

逸的臉孔變得妖媚邪美。

得慕知道狐族行法的時候，會出現本質的妖惑，但是狐仙受限仙籍，是不能在人間妄動法力，尤其是都城。她臉變色，「喂喂喂，狐影，你冷靜點……」

「我很冷靜呀。」他目光流轉，卻迷倒了咖啡廳裡所有眾生，連得慕都有點臉紅心跳，「所以……」他逼近得慕一些，在她耳邊輕輕吐氣，「得慕，妳會幫我張結界擋擋『上面』的眼睛吧？」

得慕張大嘴，好一會兒才找到自己的聲音，「我今天沒來過幻影咖啡廳，一切都是幻覺，再見再見……」她轉身化為白影，就要鑽入電腦螢幕內。

「少來。」狐影一傢伙拔去插頭，電腦螢幕馬上暗了下來，「得慕……別這樣，妳難道沒有一點同情心？」

「擋住『上面』?!」得慕虎的一聲跳起來，「是誰沒有同情心？你知不知道『上面』一直以為管理者要在人間成立第三勢力，天天找碴？我還幫你這個不成體統的妖仙？我會被管理者罵到賊死……我們只是一幫不入流的人魂妖魄，只是苟且偷生而已！你聽到了嗎？我們根本就不想跟『上面』或『下面』爲敵！」

「哎唷，妳不用扯那麼遠嘛，親愛的得慕。」狐影閃了閃他越發靈動魅惑的眸子，「我相信妳可以做得天衣無縫。放眼天下，誰比得上得慕大人的結界功力呢？」

被他的魅力電得七葷八素，得慕還在做最後的掙扎，「你送他去也只是枉送性命。這樣不是幫他是害他啊……」

「三界之內，終有一死。」狐影流露出孤寂的神情，「不能擇生，又何必阻礙他選死的方式？再說……」他隱約蕩漾的一笑，「死又如何？得慕，妳不也是死過的？」

「死去的痛苦，不要再提醒我！」得慕難得的厲聲，她抹了抹臉，無奈地道：「隨你隨你。結果會如何，我可不管。」

第·四·章

白光一閃，君心只覺得自己像是破裂成千萬個微小的粉塵，不由自主地破空而去……

狐影微笑著對君心招手，他心裡倒是有點驚異。連得慕都有點受不住狐影施法時的魅惑，但是君心卻一點反應也沒有，只是一味的心焦。

很有趣不是嗎？

君心的道行低微，自然不是運功抵抗，而是他心裡已經有了更魅惑他的人了。

狐影笑了，魅惑的範圍更大，整個咖啡廳一點聲音也沒有，所有的客人不論種族，只想拜倒在這位九尾玉狐大人的腳下。

他輕吟著，難辨的輕柔眞咒快速的流轉，他打出一個咒陣，光燦燦的像是凌空有著看不懂的文字，一現即逝，接著地上浮出相對應的陣法，君心正好在中心點。

得慕閉著眼睛，透明的長髮無風自動，飄飄然的張開結界，覆蓋了整個咖啡廳的範圍，隔斷三界內眾生的視線與心神。

狐影在玻璃水盆裡抛了片櫻葉，輕輕的泛起漣漪，打轉著。櫻葉越轉越快，

整個玻璃水盆出現細小但卻整齊密集的波浪，像是在找尋什麼。

原本在櫃台默默觀看的梨花花神——蒴梨忍不住插嘴：「我說狐影，海南哪來的櫻花？你要找到什麼時候會跟海南的櫻花取得聯繫？」

「我跟櫻花的淵源比較深。」狐影沒好氣的回答。

蒴梨翻了翻白眼，彈出一片雪白的梨花瓣，將櫻葉激得飛出去。這片花瓣像是炸了整個玻璃水盆般，掀起了好幾尺的波濤，然後突然平息如鏡。

「找到了。」但是蒴梨的臉孔卻鐵青起來，「……把我們的眷族當什麼？」她大怒，「卑賤的人類居然拘拿我族精靈當成雜鬼奴使？」

狐影的神情也凝重起來，沉默了一會兒。「蒴梨，且慢動氣。讓我先把這孩子送過去……」

白光一閃，君心只覺得自己像是碎裂成千萬個微小的粉塵，不由自主的破空而去。

一片珠雨，潤澤了荒蕪的禿山。落地無痕，像是春夢了無蹤跡。

這片防禦珠雨一下，羅煞就知道殷曼來了。他皺起眉，表情更顯陰沉。這小蠻女道行厲害，未落地就佈下防禦陣勢，他修行已久，又以降妖誅鬼爲修道正途，居然沒見過這樣厲害的角色。

朦朧珠雨中，殷曼張開耳上的翅膀，飄然的隨雨霧上下，望著他，不語。

「果然好本事。」羅煞皮笑肉不笑的說，「這麼千山萬水，還是找了來。」

「託賴道長一路留下蹤跡，要尋不著也難。」殷曼淡淡的說。

羅煞讓她這樣淡然的搶白，臉上也有點掛不住，乾笑兩聲，「妖仙倒是客謙了。貧道天劫在即，未免急躁了些。好不容易得到了飛頭蠻的卵，花了無數精氣才使孵化，要用這兩個小妖煉器度天劫……可就不是很有把握了。若能得妖仙之力，又何須這兩個小妖？若是妖仙願助貧道一臂之力，放走這雌雄兩小妖……也未必不可商量。」

「哦？」殷曼依舊是淡淡的，「羅道長度劫，殷曼能力卑微，能幫道長什麼？我的內丹嗎？」

羅煞的眼中出現貪婪。若是有了殷曼的內丹，自然度劫大有把握，但是千年飛頭蠻世所稀有，只用來度天劫豈不可惜？他原有極大野心，不甘當個平凡的仙人，若是這飛頭蠻願意身心皆為他所奪……不僅是度天劫，就算他修仙成了，將來在仙界要煉成大羅金仙，甚至修煉成神也不是妄想。

傻瓜才會讓這個機會溜走。

但是這得要殷曼自己心甘情願，武力只能奪去她的內丹，卻不能屈服她的意志。

「只要妖仙願意與貧道合體，助貧道一臂之力，同修仙道，豈不快哉？」

合體？換殷曼皺眉了。妖力與內丹俱在，就是意志為人所奴役。她雖淡泊實則高傲，怎可能接受這種建議？

她想拒絕，卻聽見大鳥籠裡細微的哭聲，心裡一陣陣的傷痛。

轉思一想，她眉皺得更緊，卻已經有了主意。「承蒙道長看得起……」

羅煞一時喜上眉梢，卻聽聞她淡然的說：「與人合體宛如妖類託付終身認主。妖類有不成文的規矩，我相信道長不會不知道。」

羅煞不禁變容，恨得牙癢癢的。他原希冀三言兩語騙得殷曼合體，哪知道這妖女這般狡猾。

「說到底，妖仙還是要跟貧道動手了？」他沉聲。

「妖類不託終身於無能之主。」殷曼稽首，「這是規矩，請羅道長見諒。」

「我倒是讓妳這小妖女看輕了！」羅煞發怒，手上光燦燦的現出一個火輪。

「不敢。只是禮不可廢。」殷曼依舊不慍不火，「然而，若殷曼僥倖勝了呢？可否帶回我的族民？」

「等妳贏得了我再說！」羅煞祭動真咒，居然二話不說就攻了過來。

火輪宛如疾風，迎面劈來，挾帶著三昧真火和罡風，鋒利得可以劈破一切，

面對這樣凌厲的法寶，殷曼反而安下心來。

她原本擔心羅煞一開始就以族民要脅，若是如此，她百無勝算。但羅煞囿於私心，不只貪她的內丹，反而給她有可趁之機。

或許還有生路。她心念一動，護體珠雨如影隨形，化去了火輪的三昧眞火，但是那火輪遇見了珠雨，卻反過來化成沉重的黃砂，隱隱挾帶著沙漠的死氣，快速的旋轉著，割裂細密的珠雨直逼殷曼的門面。

羅煞唇間含著冷冷的笑。他這「五行罡輪」花費了大半生煉製改造，可以輕易改變五行屬性，死在這五行罡輪下的妖類厲鬼不知凡幾，這小蠻女自然不例外。

哪知殷曼居然依舊面無表情，只是輕輕吹了口氣，原本細密的珠雨凌厲的擊向黃砂，原本水性的珠雨轉變成細密的雷珠，將五行罡輪割得滿是細小的傷痕，幾乎墜落於地。

羅煞心裡一驚，怕法器被殷曼收走，趕緊誦咒收回五行罡輪。他握著傷痕累

累的五行罡輪，又驚又怒。他收妖以來從未見過可以輕易運轉五行的眾生，即使是仙魔，據說也專精當中一門而已。

旁雜必不精。他能夠煉化五行罡輪，除了煉化眾屬性妖類外，他的師父也幫了不少忙，但是能夠成功馭使，到底是他悟性極高，才華過人之故。

連他那位已爲大羅金仙的師父都盛讚他是「人間第一人」，卻沒想到今天讓這小妖女折損了威風。

「妳這『五行輪迴』是哪裡盜來的?!」羅煞大喝。

「這豈是五行輪迴？」殷曼搖搖頭，「是了，你生不滿三百年，自然見識是短淺些，怪不得你。」

殷曼淡淡說來，入到羅煞耳中句句像是利刃般的諷刺，他怒吼：「妳不要以爲我莫奈妳何！」張口飛出一把飛劍，古舊舊的，卻隱隱含著雷霆之勢。

看著那把飛劍，殷曼反而將眉一皺，「未修成仙體卻使用仙器，大傷眞元，就算勉強修成仙道，也很難再上一層了。」

這話讓羅煞更拉不下臉，心裡也是一片驚恐。這小蠻女見識卓越，和他遇過的妖類大異。

這把仙劍由師父給予，卻也說過類似的話。師父要他和這把仙劍共修，卻不讓他使用於爭鬥。

但是若不用仙器，要怎樣降服這個輕蔑侮辱他的妖女？先降服了她，有了她的道行，減損一點眞元算什麼？

「我要說……」殷曼緩緩的開口，「就算是仙器，也拿我沒辦法的。你沒有更好的法寶嗎？」

羅煞氣極狂嘯，兇霸的嘯聲引得地表共鳴震動，遠遠近近的鳥獸驚走逃逸，靠近他們近一點的動物幾乎是馬上倒地死亡，連羅煞的式神都幾乎散破神魂，差點附不住梨花木的假身，但再也拿不住大鳥籠，啪的一聲掉在地上。

殷曼擔心的看了看鳥籠，卻氣定神閒，一點也沒讓他的嘯聲影響到。

「沒用的廢物！」羅煞罵著式神，「拿好！」

他叱著飛劍，攻了過來。殷曼將黑髮擰絞成利刃，和飛劍鬥在一起。

一交手，殷曼吃了一驚。她活得久了，未免將人類看成小孩子一樣，但發現羅煞的劍法精妙無比，尚未飛昇已經可以如此靈活的馭使仙器，更讓她訝異。

她本來就不擅長兵器，兩三下就有點左支右絀，羅煞哪會放棄這樣的大好機會？他修仙本來就是從武道入手，日後又幾乎無日不與妖鬼爭鬥，實戰經驗豐富，哪是不問世事和平淡泊的殷曼可以相比擬的？幾次極險，殷曼都靠珠雨化去危機，卻也處處處於挨打的狀態。

只是對仗時間一長，反而是羅煞心浮氣躁起來。殷曼看起來笨手笨腳，揮動髮刃非常拙劣，全無章法可循，就只用防禦珠雨抵擋免於一敗。但是這珠雨，蒸發不了，雷攻無效，水淹不滅，土石剋不住，似是水性，卻五行變化隨心所欲，全無須持咒轉換，又不見殷曼用什麼法器。

表面上看起來，他像是爭了上風，殷曼臉頰上已經有了幾道血痕，可實際上卻像是打在一團棉花上面，無處施力。

他又一聲長嘯，震得大地翻滾鳴動，式神神情一斂，將鳥籠一放，撲了過來。

殷曼卻旋身飛轉，長髮將周身防護得點滴不透，眼神透著難以相信，「你爲了一勝，居然要犧牲有元神的式神？」

羅煞沉著臉不答腔，只是屢發輕嘯，指揮式神撲上前拚命。爲了得到這個式神，他甘冒仙怒，偷偷煉化了一隻剛成仙的花靈。若不是他衡量得失，實在殷曼強過這數百年道行的花靈，說什麼他也捨不得的。

「我實在無法了解人類。」殷曼終於動了氣，突然清明一片，「拜你所賜，我終於想起了太極劍法。」

只見她左凝髮刃爲兩儀，又凝髮劍爲四象，翻騰隨意，招招間如羚羊掛角，無跡可循，卻輕而易舉的逼開式神，滾滾滔滔的攻向羅煞。他只能呼喚飛劍來防，停了清嘯，式神少了他的指揮，動作漸漸笨拙下來，最後全身一震，居然走到一邊停住不動。

羅煞沒有時間去追究式神突然不聽指揮的緣故，只料想是靈力用盡，暗罵一句廢物，打疊起十二萬分精神對付突然精神無比的殷曼。

正因爲他心神沒有注意到這邊，所以也不知道，那式神已經讓梨花花神找到了蹤跡，成了定標，將君心傳了過來。

君心墜地的時候，只覺得頭昏眼花，咱的一聲，掉進了附近的草叢。

若不是暫時清醒的式神拚著禁錮的痛苦走到他身邊，混亂君心的氣息，恐怕他就讓羅煞發現了。

君心掙扎著要站起來，聽見一個嬌弱的聲音傳進他的心裡：別動。你會被發現的。

這種傳音的方法他不陌生，殷曼偶爾也會這樣跟他說話。他在心裡回答：妳……妳是哪位？殷曼呢？

我是誰？我……我是誰？嬌弱的聲音似乎陷入了深深的迷惘。你不可以被發現。一個很溫暖的長者要我保護你……你別動。

殷曼呢？他差點發出聲音。

噓……飛頭蠻嗎？嬌弱的聲音呆了一會兒。大的那隻跟我的主人正在爭鬥……她呆了一下。我的主人？我……爲什麼我有主人？

君心晃了晃頭，發現那嬌弱的聲音是見過的那個式神發出來的。但是他沒心思去細想式神倒戈的緣故，只顧著焦急的張望，發現不遠處雷火閃爍，居然是殷曼和那老道打成一團。

他的心一陣揪緊，只見殷曼臉孔上有幾道血痕，長髮散亂，白羽幾處殷紅，可見是負傷了。想她個性嬌懶，寡言愛靜，從來不與人爭鬥，現在又弄得這樣狼狽，想來是落下風了。

所謂關心則亂，再說君心修道不久，道行低微，自然看不出殷曼不過是皮肉受苦，羅煞反而受了沉重的內傷，硬耗眞元驅動仙器，已經非常吃力了，偏偏殷曼內息悠長，一直處於靜心的狀態下作戰，反而比他從容不迫。

羅煞敏於爭戰，原本不該落到沉不住氣的境地，一來是天劫急迫，他被逼緊了，他的師父又正好在這個時候閉關，沒人護法；二來是怕錯過了殷曼痛失良機，不免急躁了。

若是他沉住氣，拿出慣用的法寶或兵器和殷曼周旋，未必會敗。偏偏走了險招，拿出強大卻足以反噬的仙器，正好讓不疾不徐的殷曼坐了勝機。

須知高手對招，能力相較都不會差距太大，重要的是冷靜和判斷。剛好羅煞的貪念和躁進毀了他得勝的希望。

君心看不出勝負，急急的想要站起來，卻覺得強大的壓力將他往地上一摜，居然全身沒了力氣，站不起來，不禁又驚又怒的望向站在他前面的式神。

「你不能動……」式神呆滯的喃喃著，「還不到你動的時候……」

君心急著要開口，卻發現自己連一個字也吐不出來。

正焦急著，突然一陣雷閃電耀，原本激烈爭鬥的一人一妖突然凝住了身形對峙著。

只見那把飛劍化成粉末，散裂於空，飄出淡淡的香氣，殷曼的唇角流出碧綠的血，卻昂然的展翅飛凝於空。

羅煞圓睜著眼，緩緩的倒下不起，接著吐出一口又一口的鮮血。他掙扎了一會兒，落符設下一個防禦結界開始調息。

殷曼飛離一些，對著羅煞點點頭，「道長，是我勝了，我要帶走我的族民，且感謝你的孵育之恩。」

羅煞閉目不言，只是努力修復受損極重的元嬰。

殷曼疲憊的呼出一口氣。她幾乎使出全部的妖力才能勉強取勝，心下不禁有些惶然。她深知自己勝得太過僥倖，若不是羅煞托大，貪念不息，她恐怕絕無生機。

若是她帶回族民，除了躲回家，恐怕直到飛升成仙前都不敢離開都城的保護。

她擋不住羅煞的下一次來襲。

殷曼疲憊到發現不到君心的氣息，只是慢吞吞的飛向籠子。這兩個小族民不知道怎麼樣了？據說是一雄一雌……最少他們飛頭蠻還有延續的希望。

君心看得糊裡糊塗，倒也鬆了口氣。突然身上一輕，他驚異的望向式神，只見她容顏古怪，欲語不能的望著籠子，像是非常痛苦卻無法說話的走向殷曼，每一步都像是在對抗什麼，卻被強迫的往前走。

見她雙手箕張的探出如刃般的利爪，就要插向殷曼的背後——

君心大叫起來：「小曼姊！妳的背後！」

電光石火間，殷曼因爲這句大叫探查到了背後的殺氣，一髮打飛了式神，但卻見她的咽喉幾乎被撕開。

裝在籠子裡的小飛頭蠻發出尖銳的叫聲，獰惡的撲向驚愕的殷曼。

饒是她反射性的長髮護體，咽喉還是受到了擦傷，看著地上點滴落下發黑的血跡，她知道小飛頭蠻的齒上有劇毒。

一擊不中，這兩個小飛頭蠻敏捷的在半空中迴旋飛來，尖叫著化作兩道迅疾的白影衝上前，依舊不離殷曼的咽喉。飛頭蠻族唯一的弱點就在頭顱下方短短的咽喉中，內丹就在當中，最爲脆弱。

殷曼其實可以輕易打死那兩隻失去理智的小飛頭蠻，只是髮刃一起，終究遲疑的迴繞，不忍傷害自己族民，這一遲疑，讓久戰脫力的殷曼陷入險境，還要防範式神時有時無的攻擊……

她正待飛高擺脫式神的糾纏時，突覺一陣暈眩，傷口痲痹性的劇毒終於發作，再也無力展翅，就往地面栽落，而小飛頭蠻一左一右的往她喉頭飛撲，她卻連舉髮自衛的能力都沒有了……

她自知必死，突然擔憂起被獨留於此的君心。這孩子是怎麼來的？想來是狐影不知死活的將他送來，這不是送了他的小命嗎？

仆仆兩聲，她只覺落到一個溫暖的懷抱，小飛頭蠻像是棒球一樣飛得老遠。她那人類小徒抱住了自己，舉起一個玉如意像是打棒球一樣，把那兩個小飛頭蠻打飛出去。

君心抱牢了殷曼，心情大為寧定，對著懷裡的殷曼燦笑，「全壘打喔，還是兩支全壘打。」

方纔君心見殷曼被圍攻，慌亂的在小封陣裡亂翻，想找個東西幫殷曼抵擋一下。只是妖怪打架，對壘神速，哪是他一個稚嫩的修道者可以看得出來的？剛摸到一個棒狀的東西，一見殷曼從空中掉下來，根本連想都來不及想，運勁擊了出去，恰巧是體育課學過的棒球，自己也覺啼笑皆非。

殷曼不禁失笑。這柄玉如意是九尾玉狐中的王族硬送給她的，原是施法用的法杖，以千年靈玉為體，珍奇無比。歷任使用者皆小心翼翼，唯恐損傷靈玉材質，這個粗魯的小徒居然拿去當球棒……

讓贈者知道，恐怕暴跳如雷。

「小心點……」她還沒囑咐完，君心又一跳，拔腿狂奔。

式神雙手箕張，十隻利爪已經插入他們剛剛站立的地面，直到掌末。

殷曼閉著眼睛，只覺痲痹感從咽喉擴展到整個頭部。向來操縱如意的長髮和

雙翅，僵硬得似乎不是自己的。她深知君心跑得再快，也跑不過式神和小飛頭蠻。想出言指點，可惜她連一點聲音都發不出來，不禁暗暗叫苦。

早知道就傳這小徒一點法術。只覺得太平盛世，沒什麼需要跟人動手的機會，哪知道還有個成仙如此之晚的道士，也不知道守靜安分，還是不免干戈。

正焦急著，卻見君心停了下來，式神和小飛頭蠻已經迫在眉睫，他卻快速的喊出小封陣，將殷曼扔了進去，趁陣法還沒封閉的那瞬間，抓著殷曼的髮，將自己帶入了小封陣。

式神和小飛頭蠻撲了個空，找不到目標，忿恨的鳴叫著，不斷的空自盤旋。

跳入小封陣以後，君心和殷曼滾成一團，小封陣原本是儲物用的，空間也大不到哪去，一滾進去，乒乒乓乓的和一堆丹藥法器摔在一起，君心頭昏眼花的站起來，又馬上被盒子罐子絆倒在地。

殷曼心裡好笑，卻也覺得君心應變甚快。雖然中毒很深，但她畢竟妖力深厚，可以靠內息緩緩解毒。最少君心替她爭取了這點時間。

但是……羅煞應該也正在調息養神。小封陣最後的開端在此，除非在他處誦咒開啓，不然他們也離不開這個地點。依羅煞的功力，想破解這個低微的小封陣輕而易舉。

她性子原本平和，想了想卻不去憂慮。憂慮可管什麼用處？不如先運轉內息，解了毒再說。

君心在這片黑暗中磕磕撞撞了半天，直到撞開了夜明珠的盒子，有了些許光亮，才鼻青臉腫的摸了過來，緊張兮兮的把殷曼整個臉都摸遍了，不停口的問：「小曼姊，小曼姊！妳可覺得怎麼樣？妳回答我呀～～」

她無奈又好笑的抬眼望了望他，轉了轉眼珠，無聲的嘆了口氣。

相處這麼久了，就算不說話君心也知道她的意思。「妳不能說話？受傷不能說話？連傳音也不能？」

殷曼眨了眨眼睛，眼神變得無可奈何。她得運作全神解毒，能省分力氣就省分力氣。

「我知道了。」君心鬆了口氣，「沒關係，我會保護小曼姊的。」

你這小孩子，能保護什麼呢？她實在想笑，但是想了想，剛剛若不是他魯莽莽的插手，搞不好她早丟了性命。

人類要她的命，這人類的孩子卻不要命的救她。這當中是怎樣的因果……她感傷了一下，就將心神收回，閉上眼睛緩緩調息解毒。

君心望著她的臉上泛出忽綠忽白的珠光，知道是要緊時刻，緊張兮兮的坐下來，心神不寧的望著漆黑的陣內。

他其實是害怕的。怕的不是自己的安危，而是他能力不夠，怕是保不住小曼姊。他突然有種強大的失落感，想到剛才的危急，他又膽寒又憤怒。

害怕失去殷曼，憤怒自己是這麼的弱小。他突然希望有強大的力量，讓誰都不能碰觸殷曼。

這種恐懼感幾乎糾纏了他終生。

君心一定是不知不覺睡著了，所以當小封陣被炸了開來，他整個人跳了起來，什麼都沒想，只是抱著殷曼跳起來。

陣法一被破壞，小山似的物品都滾在光禿禿的地上，君心被絆得跌倒，抱著殷曼滾在地上。

臉色鐵青的羅煞獰笑，「小妖女，妳終究是逃不出我的掌心。」

在君心懷裡的殷曼暗暗嘆了口氣，她只差一步就可以解毒了，最少可以解除痲痹。看起來是來不及了。

「我不會把小曼姊交給你的！除非殺了我！」君心惡狠狠的望著羅煞，稚嫩的真氣張揚起來。

羅煞根本不把君心放在眼裡，他歪了歪頭，示意式神，「殺了他。」像是解決一隻蒼蠅般若無其事。

式神卻震了震，呆住了。雖然遙遠，但是溫暖的呼喚卻沒有停止，她在禁錮和本性中擺盪，眼前這個少年，似乎有種熟悉的感覺……但是她卻無法違抗自己的禁錮，只能一步一步的走向少年，機械性的要做自己也不明白的殺生。

利爪正要插入君心的百會穴時……她卻凝住了。這少年的頭頂，柔弱的附著一小片花瓣，被風微微吹動著。

那是一片梨花花瓣。

眼前飛舞著滿天春雪的梨花瓣，酸甜的芳香和著笑語，雪白的身影在林間來去，飲露餐風，滿足的吸收天地的餵養，開花、結果，迎春送秋……

她的家鄉。

「我……我叫非離。」式神以爲自己哭了，但是只有傀儡體的她是沒有眼淚的，「我沒有主人，我是自由的。」

她的聲音這麼小，小到羅煞沒有發現。他只是不耐煩地斥：「沒用的廢物！殺了那個人！連這點事情都辦不好，樣樣都要我自己來嗎？」

非離尖嘯一聲，突然反身衝向羅煞，他吃驚之餘沒有留餘地，居然將式神的神魂都打滅了。

梨花木的假身碎裂，一縷芳魂在消逝前，居然流出芳香的精淚，滿足的闔目消失。

爭取到這丁點的時間，殷曼的髮刃穿過梨花木碎裂的假身中，直取羅煞的丹田，雖然他緊急後躍，卻沒躲過殷曼挾帶著的傾盡畢生修爲的妖勁，像是個大鐵鎚般擊向他的元嬰，讓勉強修護的元嬰受到更深的傷害。

他慘叫一聲，連控制式神的力量都沒有，急急的祭起法寶逃逸無蹤。

兩個小飛頭蠻從空中掉了下來，躺在地上動也不動。

殷曼癱軟在君心的懷裡，眼眶中含著血淚。「帶我……帶我過去看看。我沒有力氣動了……」

遙遠的幻影咖啡廳，放在陣法中間的玻璃水盆炸個粉碎。蒴梨鐵青著臉孔，望著同樣粉碎成香粉的梨花瓣，她憤怒的站起來，狐影緊張的按住她，「蒴梨！妳不可插手人間事！」

她全身簌簌發抖，旋即鎮靜下來，冷笑兩聲。「好個老怪物的徒弟，好高徒，好僞君子的神仙哪。羅煞，你不成仙便罷，成了仙我花神諸友跟你沒完沒了！」她拂袖，迅速回仙界找百花仙子去了。

狐影也顰起眉。這個樑子結大了。

非離系出蒴梨，天資穎悟，最得蒴梨喜愛。初成仙就失蹤，蒴梨憂心的尋找數十年，最後居然是這樣受盡折磨侮辱慘死……

性情暴烈的蒴梨哪肯罷休？花神們情同手足，絕對不會坐視不管。再說，煉化仙人有違天律，偏偏羅煞的師父大有來頭，明辦恐怕是辦不了，但是暗地裡尋仇怎麼禁止？

「看來仙界要多事了……」狐影自嘲地笑了笑，「幸好我跟那票假惺惺的神

仙沒大交情。到底是人間自在多了。」

君心聽到殷曼要看那兩個小殺手，很是猶豫了一下，但是他又抗拒不了殷曼懇求的眼神。

小心翼翼的一步一挪，走到那兩個小飛頭蠻的身邊，馬上傻眼。

方纔精神十足、活蹦亂跳追殺殷曼的小飛頭蠻，居然只剩下兩個小小的頭顱骸骨，臉孔上碎裂著黃土，像是死去很久了。

殷曼終於落下血淚。

恐怕這兩個小嬰兒一孵化，就讓羅煞奪了內丹。殺死了他們卻不放他們魂魄安寧，漂洗了骸骨，以黃土為膚，拘了魂魄，成了羅煞的式神之一。

因為魂魄骸骨猶存，所以初見的時候，她沒有發現。

這天地間，恐怕真的再也沒有活著的族民了。她的慟哭招來了珠雨，嘩啦啦

的下了一天一夜，原本光禿禿的荒山，因爲連續不斷的珠雨，居然開始冒出綠意。

放眼天下，她眞的是孤獨一個了。

一回頭，她才發現哭了兩天，君心寸步不離，默默的跟在她身邊。他的眼睛也紅紅的，腫得幾乎睜不開。

等殷曼注意到他的存在，君心愧疚的、小小聲的說：「對不起……對不起……都是人類的錯……」

她說不出話來，只是搖頭。

並不是君心的錯。人類……有殘忍到令人髮指的，卻也有這樣奮不顧身，只想救她的。

她，並不眞的孤獨。或許……君心是她不同種族的親人。

更或許，種族沒有很大的差別，眾生，也沒什麼不同。

這念頭一轉，她突然心中一片清明，豁然開朗。所有的疲憊都消失了，反而

有種祥和溫暖的感覺。

就在這恍惚之間，她發現內丹起了很大的變化。原本宛如明珠的內丹，居然孕育了極小的元嬰，這反而讓她嚇了一大跳。

小小的，有手有腳、面容精緻的小女孩，蜷縮著像是胎兒，在內丹中載沉載浮。

她終於完成了化人中「胎結」的這個階段。

第・五・章

君心揉了揉眼睛，他開始懷疑自己的眼睛出了毛病。殷曼也不過是睡了幾天，她現在看起來倒像跟自己差不多大，儼然是個嬌俏的少女……

殷曼脾氣暴躁的醒過來。

自從回到都城以後，她就陷入叫也叫不醒的狀態。到底是誰來接他們的，還是君心用了什麼辦法回來，她既不知道，也不想問。不過君心還是嘮叨了很久，對於有義氣的花神朋友千恩萬謝，但是到底說了些什麼……她不是在打瞌睡，就是左耳入右耳出。

好不容易回到都城，君心先到學校因爲曠課被師長罵得耳朵長繭，回來補寫功課補得昏天暗地，沒空囉唆她，她也心安理得的陷入嚴重熟睡狀態。

今天不知道是不是功課都補完了，一清早就開吸塵器吵她，然後開始把小封陣裡的東西都丟出來，丟得乒乒乓乓，走進走出……

她突然覺得吸塵器眞是種安靜的機器。

「吵什麼吵？人家還想睡啦！」她抱怨，聲音顯得意外的嬌嫩。

捧著一堆盒子的君心差點摔倒。他瞠目看著殷曼，掏了掏耳朵。「小曼姊，剛剛是妳在說話嗎？」

「不然還有哪個鬼？」她陰沉著臉，不開心的從她睡慣的細繩上飛下來，「我餓了，有什麼吃的？做什麼吵死人呢？」

君心揉了揉眼睛，他開始懷疑自己的眼睛出了毛病。若說以前的殷曼是二十五六歲的小姐模樣，也不過就是睡了幾天，她現在看起來倒像跟自己差不多大，儼然是個嬌俏的少女。

原本雪白透著珠光的臉頰，現在顯得更潤滑、細緻，染著淡淡的紅暈，微翹的唇更粉嫩，帶著櫻花似的光澤。

咦？他用力的看了幾眼，就是覺得眼前的殷曼有點陌生。

「盯著我幹嘛？」殷曼瞋了他一眼，「我餓了！」

……小曼姊喊過餓嗎？他呆了一會兒，殷曼不滿的喊：「君心～～」

這句愛嬌的抗議害他馬上滿臉通紅，狼狽不堪的打開冰箱，「有有有，我每天都有準備。」

糟了，今天買了櫻桃，殷曼最討厭吃需要剝皮吐籽的水果了……正猶豫要不

要將那碗櫻桃端過去，殷曼已經歡呼一聲，一髮奪走了整個玻璃小碗，津津有味的吃了起來。

……小曼姊一定是病了！她居然「勤奮」到會自己把碗端走。

吃了東西，殷曼的心情明顯好了很多，「君心，你剛剛在做什麼？一大早就吵……」她嬌聲的抱怨。

這嬌滴滴的聲音害君心差點就被番茄噎死，大咳了兩聲，「咳咳，我、我我我……我正在整理小封陣裡的東西。」一想到那堆高級垃圾，他的頭就痛了，「我若不整理，小曼姊，再過一千年妳也不會去動它……」轉頭發愁的看著在地板堆得像是小山的法寶金丹，還眞想不出有效率的分類方法。

大多數的東西都看不懂，這是怎麼整理啊？

「錯了。」殷曼把櫻桃吃完，拍拍翅膀，飛回屋頂的「床」——那根細繩，「再過三個千年我也不會去整理，多麻煩……」

「小曼姊，妳還要睡？」君心眞的覺得不對勁，「妳已經好幾天沒做早課啦！這樣會荒廢妳的修行的，趁現在太陽剛升起，我們應該……」

「不要吵啦～～人家想睡嘛～～」殷曼用頭髮抓住細繩，翅膀把自己包覆得緊緊的，「討厭……」

討厭？小曼姊用那麼撒嬌的聲音說討厭？

糟糕了啦～～小曼姊眞的生了重病啦～～

聽了君心緊張兮兮的探問，狐影笑到前仰後俯，不住的搥吧台的桌子。

「狐影叔叔！」君心很不滿，「我是眞的很擔心……」

狐影又笑了好一會兒，才喘著氣停住了笑，「殷曼也有這麼一天，哇哈哈～～笑死我了～～」

「狐影叔叔！」君心吼了起來。

「好好好。」狐影拚命忍住，深呼吸了好幾次，「咳，其實眞的沒什麼，你不

用擔心，她只是進入了化人的階段，還眞的要恭喜她……」一想到那個連表情都不多、一直冷冰冰淡漠漠的殷曼會嬌聲說討厭，他一肚子的轟笑又差點炸了出來。

「……她沒有長出手和腳啊！」君心瞪圓了眼睛。

狐影有些好笑的看著君心，「這是妖類才熟稔的變化，人類又怎麼知道呢？化人有三個階段：胎結、孕化、成形，要到最後階段才有人身呢！不然你以爲是怎樣？先長出手腳？還是長出個小小的身體，然後澆水慢慢長大，跟發芽一樣？」說著說著，他又笑出聲音。

「就是不懂才要問嘛……」君心咕噥著。

但是你懂這個做什麼呢？人妖殊途，這樣關心一隻妖怪又怎樣？這個少年，是有些不尋常。狐影笑著睇了他一眼，還是細細跟他解說了。

原來妖類修煉有幾個法則，除了出生的種族不同，妖力也因此有所上下，但是入手不外乎採補、吸收日月精華、服食丹藥等。只要熬過三到五次天劫，內丹完滿，就可以轉換妖體爲仙。

但是妖類修行或許先天擁有妖力，但是卻沒有經脈可以修煉。若是循正常妖類修行的途徑，起碼要修行三五千年才能夠成仙。就算是修行最快的採補，也需要一千餘年才有大成。

所以，由妖化人最爲便捷。只要初期工夫做足了，進入化人的階段，再用人身修行百年，就可以順利成爲妖仙。幾乎有心修行的妖類都從此入手。

「殷曼是烏龜性子，直接從日光精華修行，所以才用上千年的光陰進入化人。」狐影含笑，「若是採補妖的話……大概不到一半時間就成了。」

「採補？到底什麼是採補啊？」這詞兒倒是常常聽到，但是君心一直糊裡糊塗。

「採陰補陽，採陽補陰……就是採集生物的精氣神囉。」狐影對他擠擠眼，「尤其是人類的最好。」

君心朝後一跳，臉孔發白。

「怕什麼？我吃素。」狐影聳聳肩，「我也是從月光精華開始的。這種正道比採補妖仙根基紮實，打起架來才叫好呢。不過我有些族民同修的確是在人間開妓院，光明正大採補的……」

「什麼年代了，哪有人叫『妓院』？」正在烤蛋糕的帥哥師傅很不屑，「現在都叫『應召站』啦！」

「哦？上邪，你很熟嘛，原來你的道行是這樣來的啊！」狐影打趣著蛋糕師傅，「晚上你還偷偷去打工？我要跟你家主人說。」

「吼，我需要用那種偷偷摸摸的方法修煉嗎？」上邪氣憤的一摔麵團，「告訴你，格老子的我可是大大方方的吃人吃妖配合日月精華修煉出來的！打架修煉兩不誤！我看你這吃素狐狸早不順眼了，到現在還不加薪水?!來來來，咱們打來打過，打贏了你得幫我加三成薪水！我可是要養我渾家的！」

「什麼年頭了，還有人叫老婆叫『渾家』的？」換狐影嘲笑回去，「打贏了也是沒薪水加的，順便跟你家那口子告狀。嗤，旁邊去，修了五千年還修不成妖仙的笨老虎。」

「你就是討架打就對了！」上邪氣得把廚師帽摔在地上，「我要加薪！」

「五點就準時下班的點心師傅加什麼薪水？」狐影冷冷的看著他。

「就告訴你我要陪我渾家了！」

「老婆就老婆，什麼渾家？」

一妖一仙在櫃台裡面打得很熱鬧，冰刃風刀呼嘯，時有閃電飛沙，看得君心一愣一愣。咖啡廳的客人倒是很習慣的看著燦爛絢麗的法術，開始掏出鈔票賭輸贏。

只有這個時候，君心才眞正的體悟到，這群「移民」，眞的是妖怪沒錯。

不過法術倒是放得很好看，學會了應該可以省很多煙火錢。

鼻青臉腫的點心師傅倒是沒忘記他的烤箱，若不是烤箱那聲輕輕的「叮」，他可能會一直打下去。狐影也很高興上邪的注意力被移轉了，他齜牙咧嘴的摸著頰上的瘀青，不禁埋怨：「這年頭，沒夥計尊敬老闆了。」

「『員工』啦！」上邪瞪他一眼，「什麼年代了，還『夥計』勒，跟不上時代的掃把狐狸……」

想要搶白兩句，想到上邪的特重拳，狐影沒好氣的住了口，轉向君心，「君心小弟，我剛說到哪？」

君心倒是哭笑不得。奇怪的很，都是本事這麼大的妖和仙，行事脾氣跟小孩子沒兩樣。說起來，他這個人類少年還比他們老成三分。

「說到採……不是，是說到『妖類修煉』。」他開始謹慎的斟字酌句。

「哦哦。」狐影拍拍腦袋，到了杯曼陀羅茶喝，君心看著那杯詭異地冒著煙，連杯緣都有點腐蝕融化的藥茶有點驚心，狐影倒是喝得很樂，「對，妖類修煉要從化人才快。但是化人，好比毛毛蟲成蛹，殷曼每經過一個階段，心性都會有點改變。」

「改變？」君心的臉色變了。

「每個階段心智都會年輕一點兒。」狐影嘻嘻笑，「現在應該只是『胎結』吧？化人的變化是由裡而外的，所以現在她的內丹正在孕育化人後的元嬰，現在還算好呢，就是少女心性了些。等元嬰初成，那可會更年輕了……」

「……變嬰兒嗎？」君心的臉發青了。暗暗決定等等回去的路上買本嬰幼兒須知。

「嬰兒只會吃喝拉撒睡，簡單多了。」狐影哈哈大笑，「她會開始像個任性的小朋友。就人類的年紀來說，大約七八歲吧！你想想看，一個千年大妖，卻會跺腳滿臉鼻涕眼淚的要玩具，那可就……」

「還眞是謝謝你的解說呢。」嬌滴滴的聲音硬裝得淡漠，美麗的眼睛掩蓋不住怒火，「最好是你化人都不會這樣。」

狐影差點把茶噴了出來，沒想到殷曼居然跑了來，還讓她聽見了自己的幸災樂禍。「呃……」狐影討好的笑，「哎呀，小曼，妳越來越漂亮，越來越年輕呢！來來來，狐影哥哥請妳喝茶……」

「哼。」殷曼忍不住發作，狠狠瞪了狐影一眼，「君心，我們回家啦，不要跟這個討厭鬼混在一起。下課也不乖乖回家，壞孩子。」

君心還是很不習慣的起雞皮疙瘩。不過殷曼把假身變得小些，任人看了都覺

得是個嬌俏少女，和他站在一起，倒是君心還高了一點。

望著她臉頰上霞般的紅暈，不知道爲什麼，他的臉也跟著一紅，含糊地說：「嗯，對，我們回家吧……」

默默的和她一起回家，看她似乎不習慣這樣的假身，走起來似乎有點笨拙，君心遲疑了一會兒，伸出手牽住了殷曼……殷曼的法術眞不是蓋的，連個假身的手都這樣柔潤如白玉，入手綿軟，害他的心跳得好快。

「怎麼了？」殷曼奇怪的看著他，「怎麼突然牽著我？」

他心慌意亂的說不出話來，好半天才擠出理由，「……我怕黑。」

話一出口他馬上懊悔不已……眞是遜到令人無地自容的爛藉口！

殷曼愣了一下，綻出燦爛如春花般的笑容，讓他的心像是被什麼重擊過，「君心果然還是小孩子呀，不怕，小曼姊陪你。」

君心只覺得喉頭一陣陣緊縮，乾渴不已，心頭突突狂跳，明明知道是假身……他的掌心還是沁出汗來。

他已經十五歲，進入青春期了。同學們大半早熟，想交女朋友的、有女朋友的，不在少數；他這樣功課好體育佳的俊逸少年，也不是沒收過愛慕信，不少女孩子會在上下學的路上偷看他。

這些……他是知道的。

但是知道歸知道，卻一點興趣也沒有。以前以爲幼年修道，所以心如止水……但是爲什麼現在卻爲了殷曼頰上的淡霞暈紅，爲了牽住她的手心跳呢？

以前沒有細細思量過，一旦發現，反而分外惶恐。

這可……這可不太好。但是爲什麼不好，他也說不上來。半是害羞，半是莫名的擔憂，他說什麼也不敢讓殷曼知道。

沉浸在自己的思索裡，殷曼一開口，倒讓他嚇了一跳。

「這個……我想狐影說過了。」她的聲音帶著少女的嬌脆，分外好聽，「我終於開始化人了……所以心性有點改變。」殷曼神情有些困擾，「早上我還沒眞的清醒，所以克制不住。以後……我會注意的。」

「小曼姊這樣……也沒有關係。」君心望著她的眼睛，「我沒關係。我會保護妳，照顧妳，就算妳對我使性子，我也不會生氣的。」

殷曼又想笑，勉強克制住了。她內心也有些哭笑不得。修煉經過多少關卡，她都從容應付，偏偏這種少女心性的副作用……她自己也不知道如何是好。

一整天下來，她發現自己變得易喜易怒，好像分成兩個人似的。一個是寡言愛靜的殷曼，另一個是愛嬌怕寂寞的少女。

總是靜坐沒多久，就煩躁的滿室亂飛，一直看著時鐘，一面焦慮的想，君心怎麼還不來？等到煩了，她穿上最討厭的假身去路上走，等警醒的時候，發現自己買了堆莫名其妙的頭飾，不禁好笑，自己倒眞成了少女……

這可怎麼好？

偏偏路上人雖多，寂寞感就是驅之不去。她突然很想看看君心……這種心情，是怎麼了？

一人一妖各想著自己的心事，回到家，那堆亂七八糟的法器丹藥還是堆在地

板上，互望了一眼，倒是有些不知道怎麼相處，各自別開了臉。總覺得滿心有話要說，真要說，又不知道該說什麼。

「……我先把東西整理起來。」君心沒話找話，「不然連走路的地方都沒了。」

「我幫你。」殷曼脫了假身，飛了過來。但是看到那堆雜物就失去興致，又發懶，「我告訴你什麼是什麼……比較好歸類。」

丹藥倒還好歸類，不過倒是發掘出幾種對君心有幫助的小東西，放到殷曼自己都忘了。怎麼服用，怎麼行氣，正好跟他說明。

整理到最後，君心打開一個小黑布包，卻被幾柄亂跳的銀光嚇著了。定睛一看，整整齊齊的擺了一把把的小劍，還沒食指長，一柄柄宛如小銀魚，煞是可愛。

「哎呀，我真忘記還有這個。」殷曼玩心一起，叱了個口喻，一柄小銀劍隨氣飛舞，飛入殷曼的口中，像是化了，君心正瞠目著，只見殷曼口一張，小銀劍又飛了出來，繞室盤桓。

「這是飛劍。」殷曼笑道，「之前有個修道者要飛升了，我剛好路過，替他護了法，後來他硬塞了這包飛劍給我……但是我要這做什麼？飛劍快，究竟是外物，快得過我的髮刃嗎？」

見他愛不釋手，殷曼溺愛的用髮撫撫他的頭。自從她化人階段開始，情感自然流出，也無法克制壓抑，對於君心的溺愛也就不知不覺流露出來，「你若喜歡這些小東西，我便教你怎麼用。有什麼難的呢？不過是套劍訣，以意御氣，人劍合一罷了。」

說著便傳他口訣，見他運轉如意的狂喜模樣，她也教得起勁，索性教他分心多用，馭使七把飛劍。

法術這類外道，一來是殷曼妖力深厚，用妖氣取代眞氣，運轉自如，二來是她悟性極強，一學就會。所以也從來沒有去理解人類學習法術的根基。

若是有個行家知道殷曼教君心馭使七把飛劍，非跳起來不可。需知人類修行雖有經脈，卻總是處於蠻荒未墾的階段，要慢慢蓄氣於海，於有限生年築基修煉，總要到有了元嬰才勉強有足夠的眞氣推動飛劍。

饒是羅煞那種不世出的天才，也不過馭使一把飛劍。殷曼跟君心完全不懂，胡來蠻幹，若不是君心生來帶著洶湧豐沛的氣海，一般人眞氣耗損過度，重則傷身，輕則成爲廢人。

這兩個不知死活的開心的玩了半天，殷曼又大膽，每每君心感覺內息不順，便渡妖氣幫他開溝引渠，疏通氣海，便又能多馭使一把飛劍。

七把飛劍皆能馭使的時候，等於殷曼半強迫性的幫君心打通七次經脈。到底相處久了，君心體內淡薄的妖氣早就和眞氣融合在一起，就算殷曼的妖氣在他體內胡攪瞎搞，也都能欣然的接受，還融合了一部分下來。

論境界，倒是一口氣從開光度到元嬰初期，眞是一日千里了。只是原本淡薄的妖氣這下子可大大濃重，甚至結起內丹，君心成了半人半妖的修煉體質，雖說是道妖雙修，進展神速，但是任何妖或人的修道者看到了，恐怕會啼笑皆非，大搖其頭。

等天濛濛的亮起來，七把飛劍已經能夠自在使喚，君心自然狂喜不已。接納飛劍時，只覺得飛劍化成舒適的沁涼，流入經脈中，張口一呼喚，每劍意隨氣走，速度飛快，每把劍又非相同的銀白，總有淡淡的顏色透出來，煞是好看。

眞是好東西呢！君心喜孜孜的想，走在路上不怕警察臨檢，想放煙火的時候也不用弄得幻影咖啡廳碗破盤跌。

而且，熬了一夜沒睡，精神反而健旺，通體舒暢。

眞是比板凳更好的七大武器之首啊！

滿室劍光亂飛，和殷曼並肩看著朝陽緩緩的升起來，他發現日光精華眞是舒服……流露出跟殷曼一樣物我兩忘的神情。

「糟了！」做完早課，君心輕輕喊了一聲。「我今天要請假。」

「你睏了嗎？」殷曼奇怪的看他一眼。修到他這種境界，還睏？

「玩了一夜，我功課忘記寫了啦～～」

「……」

第・六・章

人類挑戰狐王，可是幾千年來的盛事！狐族裡前來觀禮的，能擠多近就多近，更誇張的是，烤香腸的、賣冰淇淋的小販聞風而至，還沒開始打已經賣得強強滾……

自從學了飛劍，君心對法術更有興趣。但是殷曼過了最初的不適應期，漸漸也沉穩下來，死活都不肯教他新的法術。

「這些就夠你用的了。」她有些厭倦的打著眼前的稿子，荒廢了一段時間，拿不到稿子的編輯已經哭著要來她家裡上吊了，「又不出去跟人打架，學這些防身就太夠了。天下有幾個羅煞呢？你別貪多嚼不爛，先把飛劍學通了再說。」

但是妳也只教我怎麼喚劍收劍，到底怎麼打也沒教，又不是學飛劍來放煙火的，遇到實戰能有用嗎？

看她又忙個焦頭爛額，君心打定主意，每天下課就跑去幻影咖啡廳鬼混一下。他已經跟裡頭的熟客混得極熟，發現殷曼傳了這手非道非妖的七飛劍給君心，每個移民都稱奇，他的飛劍有七，分為金、木、水、火、土、聖、邪，各屬性兼具。

這可是很罕見的飛劍，雖會喚劍收劍，可惜沒有相對應的法術。這些移民叔叔阿姨非常熱心的東教一招，西教一式，連來出差辦事的大魔都覺有趣，教了套

入門的黑魔法，讓君心對應邪劍；大魔都教了，所謂輸人不輸陣，來迎接人魂的天使也不甘示弱，搶著教了招白魔法好對應聖劍。

結果君心倒讓這些眾生長輩教了一肚子亂七八糟的炒雜碎，有西方天界、四海妖術，甚至茅山五雷法、花神飛雪訣、陰陽道、可蘭經，連梵諦岡驅魔的幾招簡單散手都讓他學了，眞眞鬧起天上天下聯合國了。

狐影只覺好笑，很聰明的沒加進去胡鬧。他也知道移民叔伯不過是疼愛小朋友，教了些入門小玩意兒，算不得什麼。勉強能用，還是移民們慷慨的借他些許法力，還得喚名懇求方可運轉。想他一個人類，哪能夠馭使這些妖法？

可惜他還是走了眼，沒發覺君心隱藏著若干殷曼的妖力。飛頭蠻這族不同尋常妖類，原是遭貶的神族，妖力和神力極爲接近。這個誤打誤撞，卻讓君心無須喚名拜請就可使用這些雜拌兒法術，只是修爲仍淺，用得生澀罷了。

殷曼趕稿趕了快一個月，君心倒是在幻影咖啡廳胡混著亂學了一堆法術。那陣子，咖啡廳天天都有煙火看，倒是不錯，只是偶爾出點小意外，炸飛了屋頂，

弄得裡頭的客人個個灰頭土臉。

好在非妖即魔，讓幾塊百來斤的混凝土壓一壓也死不了，只是累得狐影修了好幾次屋頂罷了。

這天，狐影正苦命的修屋頂，只覺得一片黑影無聲無息的籠罩，這氣息……還眞是令人熟悉的危險哪！

「我年紀可大了！」狐影趕緊舉雙手投降，「你瞧我養女兒都這麼高了，當爸爸的人老得快……要打架可找別人吧！」

「嘿，老哥～～」只見滿頭銀髮委地，俊美無儔的美少年現著九根懶洋洋的狐尾，「本來是想找你打一場的，不過打了幾千年，我也打膩了。你也認眞點，老是抱頭鼠竄著裝弱……倒是這屋頂，是誰炸飛的？」

他魅麗的臉龐充滿狂喜，「這可非打一架不可！」

宛如一道流光，他飛捲入咖啡廳，一落地，滿身的鬥氣張揚起來，沖得正乾扁的幫狐影整理的客人們個個面露驚恐，貼壁而立。雖然煙霧瀰漫，光憑這股鬥氣就知道是誰了。

除了「戰鬥狐王狐玉郎」還有誰！

說到這個可怕的狐王，蠻橫到拒絕天命成仙，自甘當個眞狐，就因上天成仙就有約束，打架不得，還不如身爲狐妖可以上天下海，處處邀戰。他又特別牛皮，誰若不肯打，就算天涯海角也追去，令眾生不得不跟他打上一架。

輪值人間的仙人幾乎都讓他打遍了，每年輪到下凡監督的星君，個個都欲哭無淚。每十二年就得被打一次，誰受得了啊？後來是狐玉郎嫌打煩了，去了西方天界找樂子，這才平安了幾百年。東方神明的管區是平安了，倒是西方天界雞犬不寧許多年，礙於面子，不好意思叫救兵而已。

「陛陛陛下……」客人有人帶著哭音，「您不是去了西方天界作客嗎？」

「西方天界倒有幾個不錯的，我輸了幾次，打平百來回合。」狐玉郎很讚歎的點點頭，「只是也就那幾個高手，打來打去有點煩……這屋頂是誰打破的？」眼中露出渴戰的精光。

有意思的手法！瞧起來倒是神魔妖靈都齊了，五行之外，聖邪兼具。看手法還稚嫩，但是多磨練個幾年，一定是個好對手！狐玉郎好鬥成狂，遇到新奇值得一打的對手，忍不住心裡癢了起來。

眾生倒是一起緘默。別開玩笑了，把君心供出去？他這個嬌嫩嫩的小孩兒，怕是經不起狐玉郎的一指甲就成了碎豆腐了，到時候殷曼追究起來……

殷曼只是少話愛靜，當年可是打敗過這個不可一世的戰鬥狐王哪！

眾生心裡揑著一把冷汗，一面暗暗咳嗽、使眼色，叫君心快快出去。

君心哪懂這些，他望了望天花板，心底有些歉意。「是我不小心弄炸的，不好意思。」

眾生都唉了一聲，趕緊就地找掩護。

只見狐玉郎滿臉喜色，「好好好，好個孩子，我盡量不殺了你就是了。」說完，十指箕張，就要撲了過去——

「玉郎！那可是殷曼的徒兒！你不怕殷曼惱了，就儘管打！」狐影趕緊大喝，狐玉郎硬生生的止住向前衝的勢子。

「什麼？什麼?!」他大聲的吼了起來，妖媚的臉孔氣得扭曲了，「男女授受不親，狐王的未婚王妃怎可收這油頭粉面的小子?!」

玉郎……我們是妖怪，哪來的男女授受不親……

「我記得殷曼沒有答應你的求婚。」狐影頭疼的扶扶額頭。

「胡說！她說只要我打敗她就嫁給我的！」狐玉郎握緊拳頭，九根大尾巴掃起一陣狂風。

「……她不是說，她要修仙，沒空結婚嗎？」

「等我打敗她她就有空啦！」狐玉郎說得非常豪氣干雲，「我磨練這麼久，就是爲了要打敗她，好立她爲狐后的……」轉頭看到那個俊俏的小夥子，越想越火，「要收徒弟也收個雌的，居然收了個雄人類！她眼中到底有沒有我這個未婚夫?!」

「……沒有。」狐影很無奈的回答，「你別傷他，我對殷曼很難交代的……」

殊不知，狐影賣力安撫狐玉郎，把前後聽明白的君心，卻勾起了熊熊怒火。

「小曼姊是我的！」他臉孔漲紅，「呃……我的、我的師父！你是哪來的野狐狸，敢自稱是她的未婚夫?!」他憤怒的指過來。

「死小子！」狐玉郎咬牙切齒的衝過去，要不是狐影死命拉住，恐怕撲上去咬君心的喉嚨了。

兩個心照不宣的男人（？），怒目相望，彼此都明白眼中的火焰是妒恨所致。

「死小子，你敢不敢跟我比劃比劃？」狐玉郎獰笑，「我未婚王妃的徒兒那麼好當？總得過我這關吧，臭人類！」

「有什麼不敢的？」君心已經失去理智了，「爛脫皮的野狐狸！」

狐影受不了了，「……這有什麼好打的？你們的腦子到底有沒有一個紅肉李大啊？」

事實上，沒有。在場的眾生都垂下了頭，偷偷地在心裡回答。

「玉郎，你也看在我幫你管了這些年國事的份上……」狐影越想越氣，「要不是你到處去找架打，我需要成了仙還苦命不已的在這裡當掌櫃嗎？你別眞的在我這邊打起來……」

「掌櫃？」在廚房揉麵團的上邪嗤之以鼻，「什麼年頭了，大家都叫『老闆』，誰還叫『掌櫃』啊！」

狐影已經焦頭爛額了，上邪還來放冷箭，他悶了滿肚子氣，突然驚醒，要打架麼？這不有個現成的好鬥份子？

「玉郎，你要打也找後面那隻打！」他死道友不死貧道地往後一指，「那個揉麵團的可有五千年道行！」

哪知道讓妒火沖昏了頭的狐玉郎早忘了打架這個最大嗜好，他連聽都沒聽到，衝著君心冷笑，「敢打？那好。看在小曼的份上，我就饒你一條命，別打死你吧。」

「不用放水。」君心也氣得不記得自己是誰了，「生死有命，也不用你頂什麼！」

「你們到底有沒有人在聽我說啊？」狐影氣急敗壞，「別在這兒打起來！就算不怕殷曼，你們好歹也尊重一下管理者！」

狐玉郎終於正視了狐影，「老哥，放心，辛苦你幫我照看族民，這麼點小事還要你操心……我還算是個狐王嗎？」狐影才把心略放下些，狐玉郎底下的話又讓他跳起來，「我開通道，要打到青丘之國打就是了。」

「玉郎！」狐影絕望的叫起來。

狐玉郎冷笑，揮手唸咒，空間漸漸緊縮旋轉，扭曲出一個通道，「死小子，不怕死就來吧！」他媚眼一橫，環顧著貼著牆不敢動的客人們，「歡迎來作客啊！」

誰敢去作客？每個眾生心裡都湧起一股寒意。就算殷曼不追究、不遷怒，掃到颱風尾還想活嗎？

「不來當見證？」狐玉郎嫵媚得有些猙獰，「要我下帖子一個個請嗎？」

眞眞令人不寒而慄。伸頭一刀，縮頭也是一刀啊……客人們欲哭無淚的魚貫進了通道，默默想著如何開脫。

君心咬了咬牙，壯著膽子衝入了扭曲光亮的通道中。

那是難以言喻的感覺。只覺得地板融化了，不向下墜落，反而飛了起來，輕飄飄的沒有一點踏實感。像是薄暮的景象，眼前的一切都這樣的曖昧難明，強大的違和讓人感到一股說不出來的痲癢，猛然一墜，眼前景物劇烈的一換——

只覺陽光耀眼，天藍得令人扎目，空氣如此清新，帶著一絲涼冽和青草的芳香。九尾狐或化成人身，來往嬉戲，或還原爲狐，攜兒帶女，碧草茵茵，一片桃花源般的景象。

族民看到久違的狐王，不禁湧向前來問候頂禮，只見狐玉郎長嘯數聲，九尾狐族都好奇的望向君心。

不一會兒，就整理出一個有足球場大的區域，狐玉郎高坐在白玉雕製的王座上。

人類挑戰狐王，可是幾千年來的盛事！九尾狐自從了斷塵緣，幾乎都避居在青丘之國，不與凡人往來。和平安靜的日子過久了，難得出了點有趣的事兒，那眞是舉國歡騰了。

法力高強點的，藉口要幫著張起防禦結界，能擠多近就多近。法力差些的也不怕，狐族瞭望台早就架起遠觀陣，在家就算是用水晶陣立體投影也看得很清楚，還有專人解說呢！只是賣豆皮的、賣烤小雞、賣豬尾的商店幾乎被搶劫了，誰家看熱鬧不吃這些？更誇張的是，烤香腸、賣冰淇淋的小販聞風而至，還沒開始打已經賣得強滾滾。

君心和被迫坐貴賓席的客人們看傻了眼。

「烤香腸？」君心吃驚的低語，「這眞的是青丘之國？狐妖的故鄉？怎麼跟台灣看熱鬧沒兩樣？」

狐玉郎微笑地站起來，用狐語說了幾句話，誰也聽不懂。他容光煥發，躊躇志滿的睥睨君心，「若說我要動手，怕是一碰你就碎，人家反倒說我強凌弱了。

但是不動手探探你的深淺……又憑什麼讓我承認你是我王妃的徒兒？」

他輕輕的吹了口氣，一根銀白的狐毛飛了起來，落地陡長，居然跟狐玉郎一模一樣。

狐玉郎滿意的笑笑，「就讓我的分身來跟你會上一會吧！」說完，他又儀態萬千的坐了下來，一派輕鬆如意。

君心氣得差點暴跳，旋即冷靜下來。仔細想想，他的法術亂七八糟，連在咖啡廳鬼混的叔叔伯伯都打不過，更不要提老闆了。這跛扈可惡的傢伙是老闆的弟弟，絕對不是能夠打架的對手……若是打輸了，忍得住這口氣？

此刻狐玉郎托大，喚了根毛就想打發他，雖是侮辱，卻讓得勝的機會增加不少。就算從百分之零變成百分之零點零零一……也強過一點點機會也沒有。

他是小輩，打輸了理所當然，若讓他打贏了呢？這個裝模作樣的狐王，可是臉上掛不住了！

仔細思量後，定了定心神，他上場了。

只見那用狐毛化的分身狐玉郎，看起來跟本尊一樣的討人厭。也不想想自己不過是根毛，居然鼻孔朝天的將手一背，「你先攻吧，別說我欺負後生小輩。」

何必說？擺明就是欺負他……

君心不答言，只閉眼凝聚心神，瞬間全身泛出白光，隱隱有虹彩流動。

「精采！」轉播的專員拿過傳音器大叫，「這可稀奇了！挑戰者李君心放出五柄飛劍……慢、慢著！是七柄飛劍！各位觀眾，這眞是奇觀！從來沒有看過人類馭使七把飛劍的！上下交織，居然是防禦陣……花神飛雪訣！防守得眞是點滴不露潑水不透，果然英雄出少年啊～～根據資料顯示，挑戰者修道不到十年，這場友誼賽是爲了取得王妃殷曼之徒的資格……狐王分身會使出什麼招數呢？挑戰者能不能夠取得不可能的勝利呢？精采精采精采，刺激刺激刺激，要知道結果如何，請鎖定九狐瞭望台～～」

君心的臉上掛下了幾條黑線。「能不能拜託那個轉播員別吵？」他最討厭體育台記者呱呱呱的，偏偏來了妖怪的國度，還逃不過等同體育記者的聒噪！

坐在王座的狐玉郎扶了扶額，「叫他要吵去吵遠觀陣的族民。」他吩咐下去，也覺得有點丟臉。

君心暗暗嘆了口氣，讓「體育記者」這樣一攪，他反而不再緊張，只是凝神看著分身，狐王分身也凝視過來。

他們都在等，等對方行動。

突然一片櫻瓣飄入會場，在他們之間飛舞，殺氣粉碎了那片櫻瓣，原本護身盤旋的飛劍，陡起一微藍一嫩紅……

「決定就是你們了！炎火冰晶，上啊！」君心捏起劍訣喝道。

坐在貴賓席的諸客掩了眼，一個個面紅耳赤。「……沒人傳他五行劍的招數嗎？需要用神奇寶貝式的……的……」

狐王分身聽了這段卡通式的對白，也愣了一愣。看他張起花神飛雪訣這樣有模有樣，卻沒提防到他喚飛劍居然是這種台詞……他也傻了。

要知道君心學習法術向來沒有系統性，叔叔伯伯總想這五行不過是基本，誰

誰誰應該教過了，最少殷曼也教了罷？結果沒人教過一絲半點，君心自己瞎摸索，又疼愛這七把飛劍，不免有些當寵物養了。

這七把飛劍在前代主人手上就已經冶煉出些靈性，尤其是聖、邪兩劍鍛煉最久，粗具劍靈原形，老成多了，不太服從年輕主人的粗率使喚；五行飛劍都年輕，有些孩子心性，和君心不謀而合，尤其是水火二劍，最是貼心愜意，無須囉唆劍訣也隨心所指，就算不開口也知道主人心意。

只是君心胡亂修習法術，不說些話兒不會使喚飛劍，自己就信口編了套念，倒是讓眾生們傻眼，只有那些年紀尚幼的九尾狐孩兒樂得跳上跳下。雖說隔離塵世，電視的魔力倒是不分種族都為之著迷的，九狐瞭望台截了迪士尼和日本卡通頻道，傳得每家都看得到，收視率還呱呱叫呢！

且不提滿場喧騰，狐王分身讓這一火一水的飛劍環繞奔馳，瞬間飛劍形體一模糊，竟成了一道烈火冰陣，攻守兼具的襲面而來。

只見狐王分身冷冷一笑，「小孩子把戲……我若用五行剋你，又說我欺負你了。」

狐王分身渾身冒出青光，熱焰突現，反而將烈火冰陣席捲起來。狐之妖火僅次天火，溫度極高，連他站立的青玉板地都融得像是軟臘，更何況是氣候不足的火劍？靠著相生相剋，水劍尚可撐一撐，火劍卻保持不住烈火形態，恢復成飛劍，焰光漸漸的弱了，幾乎讓妖火吞噬。

君心急出一身冷汗，想要收劍，奈何火劍已經被吸住，動彈不得，應該收得回來的水劍收到一半，居然一個迴旋，飛去化作水霧，將火劍包覆其中，頑強抵抗著妖火的高溫。

「冰晶回來！」君心喚了幾聲，水劍卻罔若無聞，只是拚死抵禦妖火，火劍憤怒的在水霧中盤旋，光亮忽明忽暗，狀甚著急。

「小孩子沒有見識。」

君心正無計可施，卻聽得密裡傳音。他上下張望，只見兩柄聖、邪劍隱隱發光。

「只顧著自己感情好，主子又沒用，我們這兩個老骨頭眞倒了楣……」

聖、邪兩劍不待使喚，自顧自的飛了出去，聖、邪劍原本無懼五行，鑽入妖火之中，直往狐王分身疾刺，狐王分身揮袖，哪知道這兩把飛劍竟是虛晃一招，趁他鬆神，挾了兩柄奄奄一息的水、火劍飛回，僅守不攻。

望著兩柄靈氣低弱的飛劍，君心一陣傷痛，納入體內與之休養，忿恨的直想衝向前。

「那個沒用的年輕主子。」邪劍不耐煩的傳音，「你拚上去，連根毛也打不贏，我們好光彩麼？可也聽聽我們勸，等他動吧！」

「主子年輕，糊塗不懂事，你也說得慈軟點，就算實話也不該說出來。」聖劍規勸著。

君心倒是被鬧個哭笑不得，「……不然我該怎麼辦？」

「待時囉。」邪劍發牢騷，「別說人家欺你，連五分錢都沒有，跟人家上什麼梁山？好歹有我們兩個老傢伙撐著護體，死是死不了……別輸得太難看，傳出去會讓其他飛劍笑話。」

「反正一定會被笑話，別丟了命就好。」聖劍又勸著。

……敢情好，連自己家的飛劍都瞧不起自己了！君心臉上一陣火辣，只好繼續鼓動花神飛雪訣護身。

狐玉郎倒是吃了一驚。原本瞧不起這粗夯小鬼，諒他也沒什麼大手段，趁機收了他的飛劍，不用傷他，不惹殷曼生氣，又可以讓他丟臉，哪知道他操縱飛劍看似稚嫩，卻又有這樣厲害手法，竟然可以從分身手裡搶了回去。

只是他不知道不是君心厲害，而是聖、邪兩劍有些靈識。

「別殺了他。」他沉了臉，命令分身。

狐王分身眼中殺氣陡長，狐火絞成一道火鞭，凌厲的攻過來。

火鞭觸及劍陣，劈哩啪啦冒出深紫豔紅的火星，雖然有劍陣抵擋，卻無法完全抵禦妖氣，這衝擊傷了君心初結的元嬰，竟然噴出一口鮮血，內息猛烈衝撞起來。

狐王分身微微冷笑，強攻七次，雖然劍陣竭力迴護，還是讓妖氣重擊了七次元嬰。君心只覺頭暈目眩，節節後退，內息衝撞得非常激烈，竟是自己攻伐起自己。元嬰受到衝擊，已經萎靡不振起來，馭使飛劍的能力越來越弱，幾把飛劍都越飛越低。

他怕飛劍有所剋傷，竟不顧自己的性命，將劍收入體內，只有聖、邪兩劍抗不從命，依舊盤旋飛舞，憑的卻是飛劍本身的靈氣。

「……眞是笨到頂的主人。」邪劍受不了，「飛劍要緊呢？還是命要緊？」

「快回來！」君心焦急了，「他未必殺我，卻不會可惜飛劍的！」

「嘖。」邪劍不悅的盤旋越急，抵死隔開火鞭。

「哎，你都這樣，我們能惜命麼？」聖劍苦笑，更催動了所有的靈氣。

只見一疏神，火鞭居然打落聖劍，只見青焰熊熊，直取聖劍，眼見要被煉化了，邪劍左支右絀，慌忙要來救，偏偏火鞭又分出一岔，襲擊邪劍，分不得身，哪知道君心居然大喊一聲，使掌逼開火鞭，搶過聖劍。

這舉大出眾人意料之外，狐王分身止鞭不及，結結實實的打中了君心，只見他像是斷了線的風箏似的飛到戰鬥場的另一端，居然是一動不動。

這下子事情可大了！別說貴賓席的那群站了起來，連狐玉郎都霍然起身。整場靜悄悄的，伸出神識（以心代眼）探他氣息，竟是絕了，連元嬰都沉寂不動。

邪劍僵在空中，幾百年來不曾動容的靈心，居然席捲狂怒，盤旋飛馳如疾星，卻不是飛向分身，而是狐玉郎！

狐玉郎凌空抓住狂怒的邪劍，心裡倒也不知道該怎麼辦。殷曼不曾收過徒兒，千年來也只收了這一個……居然讓他不留神打死了！他跟殷曼怎麼說呢？

心神不定之際，突然手背吃痛，他一鬆手，發現邪劍居然被收回去。只見不住咳著血的君心，滿頭長髮橫過了半個戰鬥場襲了狐玉郎的手，耳上長著巨大的翅膀，「誰讓你收了我的劍？我還沒輸呢！」

元嬰不動，他反而覺得全身精力充沛，源源不絕。原本在元嬰之下一個小小白圍棋兒似的小丸，竟然鼓動起來，他揚手，嘩啦啦下起金沙也似的珠雨，將呆在原地的狐王分身打個粉碎，現出一根銀白的狐毛。

全場悄然了片刻，突然譁然大響。

那個孩子……那個修道不到十年的孩子……居然打敗了狐王的分身！

君心呆立了一會兒，慌忙點數收入體內的飛劍。幸好！雖有損傷，倒是一把也沒少。他鬆了口氣，愣著臉笑，「太好了……」

碰的一聲，他昏了過去。

第·七·章

她向來極少動怒，修煉之前只發過一次，修煉之後更無動於心。她不懂，自己爲什麼會變成這樣？大約是化人的副作用吧……

眾生見他倒下，這才醒悟到事情非同小可，貴賓席那些已經顧不得怕了，趕緊衝下來救，眞的是搧風的搧風，輸氣的輸氣，怕他一口氣絕了，勾起殷曼的火氣，那那那那可就……

他們不敢想下去了。

「讓你們這樣瞎治，不死也死了！」狐玉郎大喝。要死了，一個人類，哪禁得住貍貓灌個兩口氣，菟絲灌個兩口氣，經脈就在亂了，還撐得住幾十道妖氣胡攪？

焦急的將他扶起來，狐玉郎把著脈卻發愣。這……這倒怪得很。這小鬼明明是人類，納了七把飛劍就不提了，那些胡攪蠻纏的「救治」雜氣也不要說了，怎麼有股妖勁融合著經脈，元嬰底下還結內丹？

這些就算別管，他體內又有稀薄的日光精華和人類法力……

一個小孩子，身體裡頭像是雞尾酒似的啥都有，這是什麼體質？

「這小鬼是人類吧？」他不太有把握的問。

菟絲姑娘要哭了，「哎唷，我的三太王爺……這孩子不是人類難道還是妖怪？若是妖怪倒是阿彌陀佛……你也不留心點，小人兒碰碰就是死，你弄死了他，我們還想活嗎？」說完就放聲大哭。

狐玉郎只覺得一陣陣頭昏，探了內息，發現飛劍各自潛修整理，經脈漸漸順了，他沉吟了一會兒，催動妖力緩緩推動君心的內丹，沒想到內丹運轉過來，逕自修復起受損的元嬰。

他打從出生以來三千年歲月，還沒看過這種人類咧！

「殷曼是收了什麼徒弟……」他還在發愣，瞬時天漸漸陰了下來。

咦？青丘之國四季如春，縱有陣雨也不會傷了天藍，怎麼會突然陰天？突然，狂風大作，空間像是憑空被撕開一個破洞，猛烈的珠雨下得人人發疼。

只見殷曼從暴力撕裂的空間出來，連假身都懶得脫，耳上潔白的翅膀像是纏綿著電光，劈哩啪啦。

這下可不好了！狐玉郎和她相識久了，從來沒看過她動怒。他暗暗蓄勁，搶著開口：「殷曼，妳聽我說……」

殷曼鐵青著臉，舉起假身的手，狐玉郎鬆了口氣，若是假身，那表示她還有理智——

下一刻，只聽得一聲驚天動地的「砰」，殷曼的假身使了一招凌厲的直拳。只是，毫無花招，明明白白的一拳，居然擊中了早有防備的狐王的俏臉上，硬生生的把他打飛空中，落到地平線的那一端，轟然一聲，撞塌了一座石峰，累得峰下多少狐妖搶著逃土石流。

她一把揪起剛剛暈醒的君心，「你這個……這個……你……你……」滿腔無明火無處發洩，她又一拳打塌了君心頰旁的地板，整個戰鬥場轟隆隆的引起地鳴，居然往下陷了三尺，險些把君心埋到下面去了。

殷曼一個個凌厲的看過去，咖啡廳的熟客想找掩護，已經來不及了。

幸好這兩拳讓她消了大半的氣，只是拽著君心，一路拖回去。

趕去通風報信的狐影按著心口。只是這樣而已，不算大災難了。他抹抹額，飛到地平線那端，從土石流裡挖出自己的兄弟。

果然是戰鬥狐王，耐打得很。不過頰骨大約碎了，臉歪了一邊。

「跟你說別惹她了。」狐影夾在老朋友和兄弟之間實在爲難的很。

狐玉郎卻恍若未聞，臉歪了一邊還痴笑。「哇，我就喜歡她這樣，夠帶勁兒！」

……

狐影端了幾顆大石頭，索性把狐玉郎埋了起來。「我早早埋了你！省得你被殷曼殺了，南無南無……」

從青丘之國回來，君心只是沉睡。他沒有絲毫戰鬥經驗，又沒有系統性的修煉過法術，一切都是蠻拚胡打，弄到元嬰差點散了。幸好除了元嬰，他尚有內丹，只是自體修復需要許多時間。

守在他床頭，殷曼忘記脫假身，只是愣愣的守著他。

她向來極少動怒，修煉之前只發過一次，修煉之後更無動於心，這是第二次。火燙的情緒還在胸懷激盪，她垂首，發現自己心煩意亂，塞滿了各式各樣的情緒，整理不清。

她不懂，她不了解自己爲什麼會變成這樣。大約是化人的副作用吧？她以爲自己已經克服了那種少女心性，結果宛如脫韁野馬，收不回來了。

正煩躁時，聽到門上輕響。憑氣息她知道，是狐影。

「我不想見任何人。」她呻吟一聲，用翅膀蒙住了眼睛。

「這句話似乎我也對妳說過。」狐影穿過門進來，「但是沒把妳趕走。我是來履行當初的承諾的。」

殷曼疲倦的放下翅膀，沉默許久。「……玉郎還好嗎？」

「只是頰骨碎了，死不了。」狐影聳聳肩，「他很耐打的，多挨個幾拳也不會有事。」

「對不起。我不知道我爲什麼那麼暴躁……」想到君心躺在地上，一動也不動的時候，她心裡的煩躁又飢渴的湧上來，「我不該下手那麼重……」

「那是因爲，妳不捨了。」狐影微笑。

殷曼瞠目看了他一會兒，「沒有那種事情！狐影，你開什麼玩笑……我修煉了這麼久，難道我還不明白，菩提本無樹……」

「那種和尙的胡扯就扔一邊吧。」狐影挨著她坐下，「或許人類可以這樣悟道，但不是我們妖類。我問妳，沒有不捨之物，何來的『捨』？」

「別問我這個。」殷曼的語氣軟弱下來，她原本年輕許多的臉孔變得脆弱，「我現在很亂……」

「不行，就是要現在提。」狐影溫和卻不容情，「我不給妳當頭這一棒，誰給妳呢？」

殷曼只是垂頭不語。

「殷曼哪，我們生存在人世，卻也不在人世。爲什麼我們老脫離不開這裡

呢？因爲和神或魔比較起來，我們比較像人哪！妳知道爲什麼自小出家的尼僧，很少眞正悟道的？因爲他們懷著疑問，像是未開的花朵就凋謝，那是不會有結果的。不能了解何謂不捨，又怎麼知道什麼是捨，什麼該捨？」

狐影的目光很遙遠，「妳修煉向來順利，卻不是懂得『捨』，而是不去擁有，妳不算眞的悟道啊……」

「沒有這種事情！那你對那些採補妖怎麼說？你對那些服金丹的怎麼說？爲什麼我不算悟道？爲什麼呢？」

「就算是採補妖，也有所執。採補只是個過程，築基的過程。在採補的過程中，他們漸漸領悟了不捨與捨，沒有我執，要怎麼去消除我執？」

殷曼緩緩的落淚，「我不要懂，我不想懂……」

她望向君心，知道自己其實是懂的。君心……就是她的不捨，她的我執。她一直抗拒，想要做到無動於心，終究還是沒有辦法。

她怒，也只會因爲這個孩子怒，她若歡喜，也是因爲這個孩子還在身邊。一

滴淚落入心中，像是在純潔無瑕的內丹上面，落下一抹嫣紅。

她的容顏又漸漸嬌嫩，甜美，再睜開眼的時候，內丹孕育的元嬰和她現在的面容一致了。

殷曼跨過了那一關。了解「我執」的存在，懂得不捨，她進入了「化育」。

她眨了眨眼，假身意隨心轉，又小了幾分，看起來只有十二三歲。

「……謝謝。」她微笑，雖然含淚。

「我說過，只是完成當年的承諾。」狐影模糊的笑了笑，「我也謝謝妳，老朋友。」

很久很久以前，他就知道這個道理。但是他只知道「不捨」，卻無法捨。

那個女孩，叫火兒吧。或許是……愛上的居然是個人類，所以他對人類都有種好感。畢竟火兒伴他伴了將近兩百年。

兩百年呢，一個無法修煉的人類女子，勉強自己活下來，活了兩百年呢！爲了他的「不捨」，忍耐年老，忍耐病痛，忍耐死亡，忍耐到皮膚完全起了層層的皺褶，看不見也聽不見，牙齒和頭髮都脫落了，還在忍耐。

因爲他不捨。不管她變成什麼樣子……他就是沒辦法捨。

像是個脫離不了母親的孩子，每次她幾乎死去，他寧可觸怒閻羅、頂撞泰山星君，就是不讓她斷氣。

他無法捨。

「你已經嚐盡了一切憂歡，放手吧！」殷曼沒有表情，櫻唇吐出這樣的無情。

「我不要！」那時的狐影，是多麼年輕啊，「我不要她死！我不能沒有她……」

殷曼困擾的看了看他，卻什麼話也沒說，只是伴著，伴著垂垂殆死的人類女子，和傷心欲絕的狐影。

她沒說什麼，就只是伴著。

九天後，殷曼淡淡的說：「沒有不捨，就沒有捨。因爲不捨，才要捨。」

狐影哭了起來。已經瀕死的火兒，抬起長滿壽斑的手，憐惜的摸了摸他的眼淚，然後看著飛鳥橫渡的青空。

又默然了九天，狐影也哭了九天。「……可以了。火兒，對不起……謝謝……」

火兒笑了。她闔上眼睛，呼出最後一口氣，皮膚塌陷了下來，漸漸化爲粉塵。她的忍耐，已經是極限了。

狐影絕望的哭聲，持續了很久很久。

待他哭盡所有眼淚，抬頭發現，仍是一碧如洗的長空。人類擁有不滅的魂魄，可以無盡轉生。火兒轉生到哪去了？應該會跟誰相遇，然後嚐盡一切悲歡吧？

他懂得捨了。

「喂，殷曼。」他將嗓子哭壞了，喑啞得幾乎無法辨聽，「我不說謝謝……但我會報答妳。」

殷曼只是露出微微困惑的表情，淡淡的一笑。

那是很遙遠的夏天吧！他還記得如雷般的蟬鳴。

君心醒過來的時候，發現世界都走樣了。

他那淡漠、少言愛靜、從容不迫的大妖師父，變成一個十二三歲的少女，氣急敗壞的拉著他的領子，咕咕咕的罵了快一個鐘頭。

天啊……別告訴他這是眞的……

「小、小曼姊……」他快發瘋了，上回進入化人階段，殷曼不正常了一陣子，很快就恢復了常態。現在是怎麼了，怎麼變得更離譜了？

「叫什麼叫？」她的聲音更嬌嫩，就算生氣也像在撒嬌，「我還沒罵完呢！你也不掂掂自己的斤兩，就跑去打架？李大師，請問你幾時變得這麼了不起啦？我給你飛劍是讓你打架來著嗎？」

「是狐玉郎……」

「銅板兒沒兩個會響嗎?!」

「他說妳是他的未婚王妃欸……」君心訥訥的找到自己的聲音。

「有這麼笨的徒弟，我是有那美國時間可以結婚嗎？你說啊！你給我說啊！」

殷曼咬牙切齒的騎在他身上勒著脖子，君心僵硬得快石化。

雖然知道那只是沒脫掉的假身，但是小曼姊幹嘛把假身變得那麼眞實……

他好想哭，他是個發育健全的青少年欸！

「小曼姊，妳不要用胸部壓著我……」這附帶自動出血效果吧？他的鼻子很脆弱的……

「胸部是怎麼啦？你別藉故想脫逃！」殷曼繼續罵，「我罵得還不過癮呢！」

那妳可不可以爬起來罵啊？妳好歹也學點女生的矜持嘛……等殷曼罵完，他摀著鼻子衝去洗手間。

跟了這樣不懂人情世故的師父，眞的很辛苦……他打電話跟狐影訴苦。

「不錯了。」狐影忙著煮咖啡，「她還沒哭著要玩具呢，算是很克制了。」

「她是沒哭著要……」君心垂肩，「但是她半夜三點想吃鹽酥雞。」

「什麼？殷曼應該是吃素的吧？」

「對。」君心無力的趴在桌上，「但是她說想要吃，其實也沒關係，但是半夜三點鐘欸！我去哪兒生給她啊？她居然、居然……」他實在說不出口。

「居然？」狐影的興趣都來了。

「她居然滿地亂滾吵著要吃啦！」啊啊啊，他要瘋了，他要瘋了啦！

狐影居然很沒同情心的哈哈大笑，讓君心覺得很挫敗。

「別擔心，好不好？」狐影敷衍他，「很快她就會恢復了，好不好？不用擔心啦。」

但是狐影果然是敷衍他的。

之後情形變得很詭異。殷曼的確恢復了正常——有些時候。當她理智在家時，她就跟以前的殷曼沒兩樣，愛靜，沉默，懶洋洋的，認真工作和修煉。但是有些時候，理智離家出走，她又變得跟個孩子一樣，很固執、易怒，動不動就哭，不是撒潑就是撒嬌。

被她鬧得哭笑不得，有時候像姊姊、媽媽（還是很有修養的那種），有時候又像妹妹、女兒，還得在她梨花帶淚、抽抽噎噎的時候，幫她擦眼淚，出盡百寶的哄她。

「我好像變得更奇怪了。」等理性倦遊知返，殷曼有點沮喪的說。

「沒關係啦。」君心苦笑。「這是化人的副作用嘛，別想太多。」

其實習慣了以後，也會覺得滿地撒潑的小曼姊，是非常可愛的。到底這是他唯一的小曼姊嘛。

殷曼瞅了他一會兒，突然倒在他懷裡不肯動。

老天……小曼姊的理性有了逃家癖嘛？居然上句話才好好的講著，下句話就逃走了！「乖乖乖，小曼怎麼了？是哥哥說錯什麼了嗎？」

殷曼只是伏在他懷裡，看不到她的表情。

擾擾攘攘中，暑假來臨了。

像是雙重人格的殷曼終於統合多了，只是向來厭惡出門的她，突然會主動提議出門走走。君心雖然訝異，還是滿高興的帶她出門。

是有點彆扭……原本是跟「姊姊」出門，現在根本是跟「妹妹」出門了！殷曼又在假身身上穿著細肩帶寬幅裙白洋裝，看起來更天眞無邪。

再戴頂綴著小花兒的草帽，他看起來就像是誘拐鄰居國小妹妹的色狼了。

更糟糕的是，他和殷曼出門，居然讓同學逮個正著，看到每個男生張著嘴發呆，他突然不痛快起來。

「君心。」宛如粉雕玉琢的殷曼沒有太多的表情，淡然的溫潤反而有種聖潔感。「我先去買書好了。」她對君心的同學客氣的點點頭，卻沒有笑，慢慢的往書店去了。

等她走了好一會兒，君心的同學還有種如在夢中的感覺，「哇！」

哇什麼哇？君心不太開心。

「是你妹妹嗎？」

「該不會是女朋友吧？」

「難怪女生寫情書給你，你都不回哩！」

「她國小畢業沒？君心你太邪惡了！居然誘拐小蘿莉！」

男人吵起來眞是可怕，比女人有過之而無不及。「她不是我妹妹，」君心沒好氣地答，「她是……她……」

一群等著聽八卦的少年睜著亮晶晶的眼睛，興奮得不得了。

君心咳了一聲，決定說實話。「她是我師父。」

「靠，又不是要把你馬子，說一下有什麼關係？她國小畢業沒？有沒有姊姊？」

「我說的是眞的！」君心很認眞，「而且她不是人類，是飛頭蠻。」

「飛什麼蠻？」他的同學掏了掏耳朵。

「飛頭蠻。一種稀有的妖怪，連《山海經》都……」

這群少年不約而同的豎了中指。「啊有異性沒人性啦！太沒義氣了，一句實話也沒有……」

我說的是實話啊……只是啊，這年頭，實話都沒人信了。

他順道去買了兩個冰淇淋，喚殷曼一起吃。殷曼聽到他的傳音，淡然的笑了笑，環顧書店。

這裡還是沒有理想的對象。她蹙起眉，懷著心事走了出來，不知道她還來不來得及……

她的境界早就超過化人的階段，她不知道哪天就要眞正的蛻變爲人，或許很快。

還來得及借胎嗎？她看了一眼君心，對著自己笑了笑。

還是順其自然吧……

第・八・章

或許是最後的旅行了，她不再拒絕君心的陪伴，正正經經地辦了護照，規規矩矩地坐在大鐵鳥的肚子裡，像是個人類一樣，出發到四川去……

當殷曼走進咖啡廳的時候，狐影心裡微微一驚。

好像進來的不是殷曼，而是個迷路的孩子。她的眼睛這樣迷茫，表情這樣脆弱，相識這麼久，從來沒看過她這樣子。

「殷曼。」狐影招了招手，「來我辦公室，我們喝私家茶。」

她溫潤的淡淡一笑，「那你的生意怎麼辦？」

「還有上邪不是嗎？」他聳聳肩，「付那麼多薪水，他也得做點事情。」

「喂！死狐狸，我是點心師傅！」上邪從廚房探出頭，氣急敗壞地吼，「我可不是端茶倒水的小廝哪！」

「現在哪有人叫小廝的？」狐影朝身後擺擺手，「現在都叫服務生了啦。」

他完全不理上邪的大喊大叫，將殷曼迎進自己那小巧的辦公室。「怎麼跑來了？我等狐火下課，有人幫我當班的時候就會過去……天氣這麼熱，妳又不愛出門……妳現在都穿著假身？」

殷曼笑了笑，很淡很淡，「嗯，總是要習慣當人了。」

狐影點了點頭，端出茶壺來，正正經經的泡著仙茶，一面思量怎麼開口，殷曼也不催他，只是安靜的喝著茶。

「殷曼，君心小朋友的脈象有些奇怪。」思忖了一會兒，他開口。

她張大眼睛，「我沒發現什麼不對。怎麼了？」

「他除了元嬰，還結了內丹，不但如此，經脈還融合了一部分強大的妖勁……」玉郎告訴他的時候，他還不相信，幫君心看過脈象，也只能發愣。

「哦。」殷曼放下心來，「因為有時候他有關卡過不去，是我幫他打通的，可能有些妖力就這樣融合進去。」

「妳沒感到有什麼奇怪？」狐影看著殷曼，突然有點啼笑皆非，「他可是人類哪。」

「人類不能這樣修煉嗎？」殷曼這才有點慌了。「我不知道……這樣很怪嗎？」

望著殷曼好一會兒，狐影笑出來，「我懂了。玉郎和我都經過化人，當過一

陣子人類，但是妳沒有……」所以她不知道怪在哪裡。

要說怪，其實也還好。君心不是修煉得很順利，活得好好的嗎？「只是不尋常。他的禁制弱了不少，我不敢去碰，所以沒看氣海如何，雖然不曾有眾生這樣修煉，我看他挺好的，不過他大約會是道妖雙修的第一人吧！」

殷曼低頭了一會兒，有些不安地說：「這樣使不得麼？我從來沒有想過……我對人類的一切都不太了解。」說到君心的狀況，她心裡隱隱一痛，「我是穿過禁制看到的……」

躊躇了一會兒，她將君心的狀態說了說，「他是非修煉不可的，所以我才為他再三護法。這幾年我略略可放手，終究還是不太放心。」說到要求人，是從來沒有的事情，她忍不住紅了臉，「……若是……狐影，拜託你照看他。」

「幹嘛這樣吃朝天椒似的？」狐影笑她的臉紅，「就算妳不說，我會不照看嗎？這孩子挺得我緣，眾生叔伯都喜歡他，妳擔心太多了。我比較擔心妳呢，妳借胎的對象找到沒有？」

「……還沒找到。」殷曼低了頭。

「我也給了妳不少名單。殷曼，妳若眞的化了人，不找個人類家庭庇護是不行的。妳又跟別的不同，早超過化人的階段太多，若是臨到最後階段，又還沒找好借胎的對象……一個稚弱沒修煉的人類孩子，怎麼抵抗別個妖的侵襲？一片葉子還是得藏在森林……」

「我懂。」殷曼打斷他的話，端起茶來喝。

「妳放不下君心吧？」

殷曼沒有回答，只是茫然的看著虛空。

狐影暗嘆一聲，「罷了，這些囉唆不過是閒話。妳也知道，我收養狐火以後，變出種爸爸的囉唆習性。倒是管理者那兒給了我個訊息，要我轉告妳，悲傷夫人找妳去……」

話還沒說完，辦公室的門突然磅的一聲大響，狐影扶了扶額，打開門，君心抱著腦袋蹲在地上，已經腫起一大塊了。

「別撞壞了我的門。」狐影沒好氣。

「哪有什麼門哪？」君心咬牙切齒的揉著腫包，「空空盪盪的一片！我瞧見小曼姊在裡面，只是想進來……悲傷夫人是誰啊？」

「你不能跟。」殷曼站起來，「狐影，爲什麼夫人突然找我？」

「爲什麼我不能跟？」君心跳了起來。最近殷曼越來越奇怪，一副交代後事的樣子，原本不肯教他的法術，現在可是非常仔細、非常系統性的教了他，天天交代什麼東西在哪裡，他可是害怕得很久了。

「因爲你跟了去，那個變態的夫人會想把你留下來。」狐影嘻皮笑臉的。

「狐影！你這樣說夫人是不對的！」殷曼輕斥，「她可是僅存的幾個古聖神之一，你別胡說。」

「身爲這麼崇高的古聖神，卻喜歡人類喜歡到只吃人類的悲哀，這不是變態？就好像有人只愛貓啊狗啊，愛到命都不顧那樣……」

「狐影，別這樣。」殷曼皺眉，對君心說：「聽話，我不能帶你去，夫人要見我，我是不能不去的。我很快就會回來……」

「妳才不會回來！」君心使起性子，「妳要遠行對吧？妳要去到我不能去的地方？我不要！我從現在要時時刻刻跟著妳，就是不要讓妳偷偷跑掉了！我會聽話……小曼姊，我不要離開妳！」

生於人世，終有一別，你爲什麼不能懂？

我……我既然懂，爲什麼痛到沒辦法克制，連不存在的心都疼痛不已呢？

「不是現在。」殷曼強打起精神，「你要跟來，就跟來吧！」

先於一切神魔、眾生，渾沌初分時，古聖神就存在了。即使是神佛，也不了解古聖神的一切。有人說，他們是最初有識的精神體，乃是無知無識的太初所萌化，但也只是推測，不知道事實如何。

古聖神不入神魔領域，別有所棲，通常都安靜的與天地同眠。只有一個古聖神與眾不同，她不但棲息在人界，還酷愛人類，但是因爲她的能力太過強大，會破壞天地平衡，所以她也只是觀看著，並且將人類的悲哀拿走。

這也是爲什麼人類的悲哀再巨大，通常都可以經由時間的洗滌漸漸淡忘。神魔都敬重她，也不敢太傷害她的子民，雖然神魔都諂媚似的上了許多封號給她，她卻只自稱「悲傷夫人」。

她是絕對中立的存在，只有人類毀滅的時候才會起身。也因爲她的偏袒，人類若滅絕了，神魔也別想存在……因爲她誓言過，人類滅絕，眾生都得陪葬。

「她是有點偏執。」殷曼笑笑，「卻一直是個公正的偏執者。」

回頭看了看君心，她有點擔心，「你待她可要心懷虔誠。若不是她存在，人類早讓神魔莫名的戰爭給消滅多回了。」

她唸咒，開啓了大門。這個在虛空中的大門，時時都是存在的，所有人類的哀傷，都從這兒流入，但是其他眾生的哀傷，只能自己承受了。

「夫人，妳喚我來。」殷曼輕輕的說。

原本渾沌一片的門內，出現了銀白的道路。

這是很奇怪的地方。像是沒有生命，只有銀白樹幹的樹木，安靜的伸向天空。天空糾纏著銀紫，像是薄暮時刻，一陣陣溫柔的風吹過，像是啜泣。

樹木的葉片是銀白的，遍地柔軟的絲狀物也是銀白的，像是被銀色統治的大地，只有一條閃亮的銀白道路。

水流嘩然，無數小溪穿透這片大地，空氣中有種奇特的芬芳，像是清澈海洋的氣味。

不知道走了多久，他們在一個湖泊站定，君心睜大了眼睛，望著這位不可思議的夫人。

她長得跟人一樣，身量或許高一些，坐在一個銀白樹木自然生成的寶座上。雙眼蒙著白布，卻絕麗的擁有一種威嚴的魄力，非常非常的聖潔，像是夏天銀白的雷電一閃，或是一束破開沉重烏雲的金光。

她在流淚。

蜿蜒的濡溼了蒙著眼睛的白布，一滴滴的落下來，成了這片大地的湖泊、小溪，一切的源頭。蔓延整個大地的銀白絲狀物，原來是她的頭髮。

「飛頭蠻殷曼。」她沒有開口，聲音卻震耳欲聾，在腦際不斷迴響，「我做了一個夢。」

殷曼低了低頭，「夫人，和我有關係嗎？」

「……我不知道。」

殷曼訝異的抬起頭。近乎全知全能的古聖神居然說，她不知道？

「有一份古老的悲哀到我這兒，滋味複雜得讓我神醉。」她落下一串宛如水晶的眼淚，「但是那古老的悲哀，卻是一棵即將枯死的樹發出來的。那悲哀，居然讓我做夢了。」

殷曼眨了眨眼，「我不懂。」

「我也不懂。」悲傷夫人回答，「所以，妳去這裡吧！」一陣強烈金光籠罩了殷曼，她的腦海裡出現了一副清楚得宛如真實的景象。

是個廟宇。一個女尼爬上參天的古木，在被雷劈開的縫隙裡，拿出一個木盒。

「我怕再也嚐受不到這樣馥郁的悲哀了。但是，我不願意再做夢，妳去聽聽那樹孩子的悲哀吧。」

雖然不明白，但殷曼還是行了禮，準備離開。

「殷曼。」夫人遲疑的開口，「那人類的孩子……可以讓他留下嗎？我已經好久好久，沒看到眞正的人類孩子了。」

殷曼看了看君心，她輕輕搖頭，「夫人，他是我的，我不能給妳。」她拿出一個精心縫製，卻像是用了很久的布娃娃，「但是我可以給妳這個。」

悲傷夫人微微的笑了，那布娃娃瞬間就到了她手上。「她被人類的小女孩疼愛好久好久……眞美麗……」

疼愛著絕對無法觸摸的生物，疼愛到只願啖食他們的悲傷，爲他們流淚，直到盲目，即使盲目也還注視著每個人類……

這也是一種愛情吧！

君心突然很想替她做些什麼，或者是留下來安慰她……如果死亡可以讓她快樂一點的話……他願意。

「君心。」殷曼遮住他看著夫人的視線，「該回去了。」

他有片刻的茫然，不明白自己剛剛湧起的念頭是什麼。

殷曼卻不說什麼，只是握著他的手。許多眾生、人類，只要能力足夠，都能夠來見夫人，但是見了夫人，還能隨意離開這片大地的……實在不多。

或許夫人無意為惡，或者是她不曉得什麼是惡。但是……眾生總是很難抵抗她的魅力。在銀白的長髮下，掩蓋許多屍骨，卻不是夫人殺了他們，而是他們不願意進食，迷醉於此，衰弱而死。

眞正最可怕的法力，恐怕是深沉的溫柔吧！

但她還是很喜歡夫人，喜歡她的執拗，還有溫柔。只是她還有事情要做，不能在銀白柔軟的頭髮下長眠。

其實，這是個不錯的地方。

「你還有你的人生，」她對君心說，「等你了無遺憾的時候，再來吧。」

她帶著君心，跨出了大門。

❦

她並不眞的知道這是什麼地方，但是網路搜尋是個好東西，她看遍了所有找得到的照片，終於在四川重慶找到這個小小的廟宇。

是有些困惑。但是暑假還沒結束，她也很高興可以暫時將尋找借胎對象這件事情暫時撇在一旁。

或許是最後的旅行了……她不再拒絕君心的陪伴，正正經經的辦了護照，規規矩矩的坐在大鐵鳥的肚子裡，像是個人類一般，出發到四川去。

沒想到這幾年重慶這樣發展……她轉著頭，有些糊塗。千山萬水來到這裡，像是來到另一個都城，從來沒有離開過似的。

車馬雜沓，行人往來擾攘。跟遙遠海島上的那個都城幾乎沒什麼兩樣。

但是有種感覺，有種深沉的感覺，讓她覺得，這裡跟都城是一樣的。同樣擁有魔性，同樣有自己的意志，說不定……也擁有自己選擇的管理者。

等她看到迎出來的人魂，更證實了她的感覺。

「聽聞大妖降臨，我們來得遲了。」過來的人魂很有禮貌。

殷曼揖了揖，「太客氣了。我兒時住過蜀，說來也是故鄉，只是當時年紀小，記不清了。」

人魂有著少女的模樣，有些像得慕。君心好奇的看著，已經忘記行禮這回事了，他那呆頭呆腦的樣子，惹得人魂少女笑起來。

「我叫蕊意，管理者派我來接各位的。」她示意，殷曼和君心隨她橫渡六次十字路口，晃眼竟然是座圖書館。

「這是人界的圖書館。」殷曼有些訝異。

「是。」蕊意笑笑，「我們的狀態和都城那兒不同，不是用電腦的。」

只見一個穿得整齊樸素的中年婦人迎了出來，「歡迎，我是這裡的館長。」

蕊意笑了笑，隱身入書架上的一本書。

的確很稀奇。殷曼不覺也跟著笑了。

「都城那兒比較先進，我一輩子都守著這些，結果收納的居民也都住在書裡。」館長客氣的請他們進去。

「……我以為我還在都城裡。」殷曼看著館長。

「都城管理者也跟我相似麼？」館長呵呵的笑，她從眼鏡後面放出慧黠的頑皮，「這些城市也不知道怎麼了，老愛找年長的女人。」

「館長比都城管理者整齊多了。」殷曼微笑。

「咦？小曼姊，妳見過都城的管理者？不公平～～我怎麼都沒見過？」呆到現在的君心終於驚醒了，他大聲抗議。

「都城管理者是出名的懶於交際，我當這麼久的管理者，還沒見過呢，只是通信已久。」館長笑咪咪的，「殷曼小姐，妳來重慶有什麼事情呢？」

環顧這個藏書不知道有多少的大圖書館，像是許多人藏身於此，屏息靜氣的聽他們說話。

「是悲傷夫人要我來的。來找一個……很古老的悲傷。」殷曼喃喃的說。

她和館長閒聊了一會兒，君心因爲長期旅途的疲憊頻頻點頭，館長住了口，慈愛的看著他，「這孩子累了，到我房裡睡吧。」

君心揉著眼睛，呵欠連連的跟在館長和殷曼的背後，一看到床，就面朝下的將自己埋在枕頭中，只來得及脫鞋子。

這是個簡單開闊的閣樓，有張沙發、床，書桌兼做梳妝台。此外，都是書，滿滿的，從書桌蔓延到低矮的書架，重重疊疊。

「抱歉，佔了妳的床。」殷曼對君心有種無可奈何的寵溺。

「遠來是客。只好委屈妳睡沙發。」館長有些抱歉。

「我不用床。」殷曼輕輕搖了搖頭，注視著這個管理山城的管理者。

館長讓她溫柔卻犀利的眼光看得有些不知所措，像是心事都被看穿了一樣。

「殷曼，妳是飛頭蠻吧？」

雖然不知道她怎麼知道的……殷曼瞄向館長掛在頸間的護身符，突然有些了然。那是她族民的頭髮編出來的，上面附著的感情不是恐怖、怨恨，而是溫柔、感念。

「那麼，『他』是真的了……不是我的幻覺。」她微笑，如夢似幻的。

「他？」

「我們世代藏書，據說書樓有個保護神。有人說是饕餮……但是那種貪吃如狂的精靈怎麼會來書樓？」館長羞澀的笑了起來，「我在還小的時候，見過他一次。是他救了我。」

極小的少女，從那身體藏在虛影中、只有臉孔清晰如月的少年手中，接過一個漆黑的護身符。

「哥哥，你是誰？」當時的她，能力還在沉睡，卻隱隱覺得不尋常。

「我是妖怪，飛頭蠻。」他淡淡的一笑，卻隱隱含著孤寂。耳上長出寬大的潔白翅膀，他飛起，橫越皎潔的月空。

「我查了很多書。只有最隱密的宗教典籍出現過妳的蹤影。」館長的眼神非常溫柔，「雖然很沒禮貌，但是我眞的想見見妳。」

殷曼有些吃驚，她抬頭，望著閣樓天窗瀉下的月影。

曾經有族民在這裡過，但是她沒找到他，他也沒找到她。此時，那個孤單的族民去了什麼地方，是不是還在這艱辛的環境底下存活著？

她垂下眼，激動的心情很快就平復下來。她已經見識過千年的歲月，許多事情，是強求不得的。

「如果妳再見到他……」她對館長淡淡一笑，「請他到海島那邊找我，好嗎？」

館長輕輕的點了點頭。

這一夜，她睡得很少，卻做了夢。她夢見一道飛影橫越了皎潔的月空，卻看不清那孤獨的身影，是她未曾謀面的族民，還是她自己。

第·九·章

「別擔心，我會把妳養大的。」他溫柔地摸摸殷曼柔軟的黑髮，緊緊地擁住她，「剛剛我好怕……好怕妳會被殺掉。若是妳死了，我也不想活了……」

第二天，館長開車載他們去那座尼庵。

庵前尼姑正在灑掃，殷曼合十問訊，「師太，請問住持在嗎？」

尼姑打量了她一下，「女施主，有何貴幹？」

殷曼沉吟了一會兒，「我是來找一個木盒子的。」

那尼姑驚愕地看著她，連竹帚都掉在地上。「請進，請進！師父等您很久了！」

不一會兒，這小小尼庵大大小小的尼姑都穿戴整齊，迎接出來，一個年紀很大的師太捧個木盒子，恭恭敬敬的奉上，「女施主，地藏王菩薩託夢以來，一直都在等您呢！」

「……地藏王菩薩？」君心驚訝了。

「封號之一。」殷曼漫應著，接過那個木盒子，仔細一看，居然全無斧鑿雕琢，是天然生成的盒子。她不懂……這樹為何要費盡心血孕育出這樣一個天造地設的盒子，又為什麼非交到她手上不可呢？

她打開盒子，剎那間，她不知道自己看到什麼，只覺得無數尖叫哀鳴直衝腦際，亂烘烘的鼓譟喧騰著，她什麼也看不見、聽不見，感覺不到，那無聲卻巨響，無數黑暗情感的狂流……

沒有聲音的囂鬧，沒有感覺的痛苦。

這是否就是瘋狂的感覺？

君心看她簌簌發抖，連假身都快維持不住，幾乎要現出原形，他大喊：「小曼姊！」

殷曼這才驚醒過來，木盒兒差點兒掉在地上，還是君心搶起來的。

盒子裡只有一截手臂粗細的斷枝，和一捲幾乎腐朽的絹帶，絹帶上纏綿幾根極長的頭髮，就這樣。

「這是什麼？」君心困惑了，「不，或者該問，這是什麼意思？」

殷曼寧了寧神，仔細觀看這些，她發現自己居然有些畏懼，「……我不懂。」雖然不懂，但是她隱隱的知道，這很可怕，卻很重要。

「這棵樹呢？是從哪個樹取下來的？」館長是局外人，反而比較冷靜，「要去看看嗎？說不定有什麼線索。」

老師太點點頭，「這神木有三千多年了，前幾年有人來測過它的年輪，可惜去年冬天無端的打雷，把它劈了一半，怕是活不成了。在後山，施主們，請跟我來。」

他們繞到後山，一見果然非常雄偉，可惜已經開始腐朽。半邊樹身焦黑，那雷直入地底，傷了根本。

老師太指指猶然完好的半邊，「就是那塊樹皮朽了，這才找到這個盒兒。」

殷曼呆呆的看著瀕死的神木，「沒有這麼高，應該……」她腦中出現許多紛亂的影像，她不曉得看見了什麼。

「老師太，謝謝。」她回過神，「我們看過了就回去了。」

女尼們雖然好奇，但是地藏王菩薩囑咐過的，誰也不敢留下來看，遂頂禮回庵了。

「殷曼，妳還好吧？」館長覺得她很不對勁。

她搖搖頭，棄了假身。用髮捲著斷枝和絹帶，她飛上極高聳的、樹皮腐朽的地方。樹皮的附近有個粗壯的橫枝，那斷口雖鈍了，她卻一眼看出來，和木盒裡的斷枝是一塊兒的。

她呼吸越來越急促，瞳孔不斷的放大縮小。這樹沒有那麼高……頂多也只有兩人高吧！她知道，雖然不知道爲什麼知道，但是她就是知道。

絹帶繞過橫枝，猛然下墜……她聽到非常響亮的折斷聲，這樣震耳欲聾——那是她頸骨折斷的聲音。

爲什麼沒人解她下來？好痛苦……好痛苦……她不是死了嗎？爲什麼她還看得到自己的身體漸漸腐爛、長滿蛆蟲，漸漸只有白骨和破爛的衣衫飄揚……爲什麼沒有人解她下來？

喀的一聲，她的身體獲得自由，墜落到大地的懷抱。

行走在幻覺和前世恐怖記憶的殷曼，再也無法飛行，她筆直的跟著幻影中的白骨，墜入君心張開的懷抱，繼續做著惡夢，連同君心一起看著自己的惡夢——

她的身體自由了……但是頭顱呢？她的頭顱掉不下來，還沒脫盡的頭髮纏住了絹帶，她的頭顱繼續掛在樹梢搖晃，已經死去很久的她，魂魄讓這樣的慘死震懾住，離不開已經漸漸化爲白骨的頭顱。

日復一日，年復一年，她已經快要忘記爲什麼要掛在這裡……是雨？是因爲她沒把雨祈下嗎？她忘了。她忘記了一切，隨著腐朽的速度，遺忘了自己的名字、一切，只有怨恨與日俱增。

是她的父母親手把她掛在這裡的。

她好恨、好怨哪……但是她想不起來爲什麼恨，爲什麼怨了……

日復一日，年復一年。她的眼珠已經不存在了，但是痛苦的白骨，卻只能用著空空的眼窩望著月。

放我下來……好痛、好難過……放我下來……

眞的有神嗎？她祈禱了又祈禱，爲什麼神佛默然？眞的有魔嗎？只要能脫離這種痛苦，她願意入魔道……但是魔也緘默。

爲什麼？爲什麼？她用空洞的眼窩控訴地望著蒼天，她再也受不了了……

「人類的孩子，妳爲什麼在這種地方？繼續待下去，妳會變成妖異啊！」背著光，那張臉孔有著不忍的慈悲，「可憐的孩子，受盡折磨的孩子哪……人類眞是殘忍……」

只有頭顱、雙耳上長著雪白翅膀的仙人，將她解下來，溫柔的抱在髮陣中。

「可憐哪……我們生不出子嗣，想要憐愛個孩子都憐愛不來，爲什麼人類這麼狠心，這樣對待自己的孩子？可憐哪……」那張溫柔的臉龐，蜿蜒了兩行淚。

瞪視著仙人，她滿腔的怨恨憤憎，居然讓這淚融解了，空空的眼窩流出血淚，那少女骷髏發出死去以來的第一聲哭喊。

她希望的也不過是……父親抱她下來，帶她回家。

「好心的仙人……」少女骷髏細聲道，「請毀了我的魂魄。我不願意轉世，

除非當你的女兒，不然我不願意轉世……我不要……」

那張溫和的臉孔凝視她很久，溫柔的將臉貼在白骨上，「父親帶妳回家，跟我回家吧！」

「父親……父王哪……」從惡夢中甦醒的殷曼喃喃著，「你耗了多少修行，修復我這樣一個傷痕累累的魂魄……你還囑咐這樹收藏我的悲哀，清洗我的痛苦……父親哪……」幾乎耗盡所有，強行的隱瞞過六道輪迴，私自讓她降生在自己妻子的懷裡。「父親……母親……」

她飛了起來，重新被喚醒的悲哀怨恨充滿心中，她疾飛，越過這棵樹，往不遠的山巔過去，就是那令人憎恨的前世家鄉……

凝在空中，她愣住了。

模糊印象中的貧窮破落山村早已不見，滄海桑田，林立著聳天的高樓大廈，車水馬龍。

是了，她怨恨的、憎惡的人們，終究和慘死的她一樣，都逃不過死亡的呼

喚，在彼此遺忘的時空洪流裡，誰都只是過客而已。

恨也罷，愛也罷，都消失了，都消失了。

她仰望晴空，只有「他」還存在。那個無情無緒，超然一切的萬物平衡，成就也在，毀滅也在，無以名狀，只好謂「天」。

我們都身在一疋極大的織錦中，舊錦已破，新錦續織，就算再怎麼燦爛輝煌，幽暗晦澀，也只是一經一緯。

她像是窺看到什麼，只是還不明白。就是因爲不明白，所以敬畏。

「飛頭蠻和人類，蜉蝣和神仙，都沒有什麼兩樣。」她喃喃著。

從後面追來的君心和館長，只看見她飛凝於空片刻，突然往下墜落，成了一團亮白的火焰。

「小曼姊！」君心急著衝過來，只見她像是裹在髮陣中，滿頭烏黑的長髮成了銀白，她的臉孔在縮小，表情呆滯。

館長浸淫在書籍裡已半生，尤其苦心鑽研宗教神怪典籍，她雖然未曾看過，卻也讀過類似描述。「化人？成形？不好了……君心，幫她護法！」

她從手提袋拿出書，「蕊意，快幫我去拿武器來！」

沉睡在書中的人魂少女驚醒，如疾星般飛馳而去。館長深呼吸了一下，她向來以書爲命，深居在圖書館中，足不出戶，所有的戰鬥都是紙上談兵。

沒想到，這一把年紀了，還有這樣的初體驗。

「急急如律令，拜請中天青孚神君，祭起眾天將，如律而行！」她手持書本，張起了結界。

君心抱著殷曼，望著天邊黑壓壓的一片。他知道，那並不是烏雲。

館長因爲這城市的託付，所以擁有了能力。但是她畢竟沒有實戰經驗，所以張起的結界雖可抵禦來奪丹的大妖魔，卻無法抵禦穿過結界的小妖小怪。

而且這樣龐大的數量，想要維繫結界就很困難了，她實在無法分身去救。

君心趕忙喚出飛劍，上下交織成防禦陣，抵抗狂風暴雨似的攻擊。

一般妖怪化人，都會先找好借胎對象，然後入胎潛修，以母體爲屏障，就是

爲了隔絕妖氣，避免奪丹的妖魔諸怪，但是殷曼卻等不到借胎，一時感悟，竟然克制不住的成形了。終究是因爲她境界超前太多，一旦水到渠成，就止不住了。

聞得這樣濃重的妖氣，附近大大小小的妖魔眞是欣喜若狂。須知化人中的大妖毫無防禦，然而內丹已經完滿，奪得一顆就有千年道行，無須苦苦修煉，這樣的好機會，誰不踴躍？

這種時候，誰還顧得怕管理者呢？更何況這任的管理者深居簡出，沒有顯露過什麼大手段，這起妖魔就更囂張無畏了。

只是不知道這老女人居然有本事使出這樣強大的結界，大妖魔頻頻撞壁，久攻不下，只有身微道行薄弱的小妖還可鑽進來，卻又讓君心的飛劍一一剿滅。

修煉已久的大妖自然有些智識，當中一隻罔象退出鬥圈，居然將自己碎裂成千百隻小妖，鑽進結界，館長心裡暗叫不好，這罔象修煉八百年，最是狡詐，正要迴身來救，偏偏眾妖魔發了狂似的一起疾攻，她只能強撐住結界，暗自焦急不已。

君心戰到此時，已經稍稍摸出點頭緒，看到大量同質的小妖鑽進來，心裡已

經有了防備，哪知道那些小妖們居然在結界內融合成一個大妖，十足九首，像是個很多頭的大章魚，偏又靈活的很，繞過多把飛劍，搶到他面前，眼見就要捲去殷曼，忽見黑髮凝成髮刃，居然架住了罔象的十個腹足。

罔象大吃一驚，連連吼叫，發雷閃電，卻讓眾飛劍抵禦去，君心心下倒是茫然，只是本能的驅使髮刃，和罔象角力起來。

他不知道，上回與狐玉郎爭鬥，內丹和元嬰更密切不可分，互相輔佐起來，他心底一急，居然驅策了妖氣的內丹，使出飛頭蠻特有的髮刃，只是他茫然不知所謂，只能憑著蠻勁胡打，一時之間，難分難捨的滾成一團。

「館長館長，妳的武器來了！」好不容易突破重圍的蕊意，摀著被抓破的臉，捧著一個黑匣子來，只見她帶來的眾人魂與妖魔鬥在一起，館長的壓力也輕了許多。

「蕊意，幫我撐著結界！」她掏出黑匣子裡頭的兩把銀槍，咬著書，轟然一聲，對著罔象開了兩槍。

罔象吃痛的跳起來，鬆開了幾乎力竭的君心，他怒吼連連，山岡為之動搖，怒氣騰騰的奔向館長，只見館長眼不眨，氣不喘，左右開弓，銀槍不斷的放出子彈，奔到她面前時，罔象不敢相信地看著自己──

他明明將所有子彈都抓住了，為什麼這些子彈反而融蝕進腹足，在他身體裡燒起一把天火？

「請聽聽我珍藏已久的福音。」咬在嘴裡的書落在地上，本來看起來已經邁入中年後期的館長，在罔象眼中卻是那麼巨大、美麗，「阿門。」

她開了最後一槍，罔象遍體燒起熊熊的天火。

「還有誰想聽我的福音？」館長冷冷的面對群魔。

這個時候，群魔才意識到，他們面對的，是這魔性城市的化身，人類的管理者，瞬間，如潮水般洶湧而退。

「……館長。」蕊意沒好氣的摀著臉孔。

「怎樣？」

「就告訴妳了，日本卡通不要看太多……」

「……」

君心跪下來喘氣，他顫顫的望向自己懷裡——只見一個大約五、六歲的小女孩，靜靜的睡著。

睫毛微微顫動，她睜開眼來，映著天青，在瞳孔和眼白的交界，竟有些嬰兒藍。

「小曼姊？」君心遲疑的喚著。

她微微一笑，掙扎著要起身，卻身不由己的往前一跌，君心趕緊抱住她，雖然久戰脫力，他還是驚喜的望著殷曼。

他的小曼姊，眞正的變成人了。

「……別擔心，我會把妳養大的。」他溫柔的摸摸她柔軟的黑髮，緊緊的擁住她，「剛剛我好怕……好怕妳會被殺掉……若是妳死了，我也不想活了……」

小殷曼微微一震，卻溫柔的抬起手，困難而笨拙的撫著他的臉。

館長撿起書，把槍放入黑匣子裡，只覺得兩條腿都跟果凍一樣。哇啊，都快

五十了，這可是她的首戰。

「來吧，我們回去休息一下。」館長長長的呼出一口氣，「我想這群死妖怪知道誰是主子了。」

疲憊的回到圖書館，君心摸到床就睡著了，即使睡著，還是拉著殷曼的手。

雖然這麼累，館長還是找出襯衫給殷曼穿，端了杯牛奶。「妳要吃點東西。」

殷曼笑笑，卻顫著手端不起來，館長把她抱在膝蓋上，一點一點的餵她喝。

「殷曼，來當我的小孩吧。」館長輕輕的說，「妳需要一個人類家庭，直到妳成年。雖然我一直沒有結婚，但是我想要孩子很久了。在我的城市裡，沒有任何妖魔傷害得了妳……來跟我一起住吧！」

殷曼抬頭望著她，淡淡一笑，「妳是想要他的孩子吧？」

雖然不曾提起「他」是誰，已經開始步入黃昏的館長，臉孔突然泛起霞暈。

「……我哪敢呢？他是仙人，我只是個普通到不能再普通的人類女子。」

但是，那抹飛過月空的影子一直纏綿在她心中，讓她裝不下其他人。

「我和他，都是妖怪。」殷曼嗓音稚幼，卻有種淡淡的哀傷。

「仙人和妖怪有什麼不同？」館長湧起少女似的羞澀，「對我來說，都是一樣的。」

她們默默坐在月影下，白雲橫渡，像是替月亮蒙了層紗。

「我不能留在這裡。」良久，殷曼開口了。

館長愛憐的撫著她的長髮，「我懂，他是有福氣的。」笑著笑著，館長卻幾乎落淚。她等了大半生，卻一直等不到那個飛影。

殷曼搖搖頭，想開口說些什麼，卻沒說出來。「睡吧，妳也累了……」

館長的確覺得眼皮沉重，這場初戰讓她身心俱疲。「明天，我再帶妳去買衣服，我一直都很想替女兒買衣服……」她睡著了。

殷曼試著動動手腳，卻頹然的靠在床首。

望著月亮，她突然有點想念在夜空飛舞的日子。

第·十·章

穩重的殷曼、使小性子的殷曼、嬌憨的殷曼……到孩子一般的殷曼，不管她變出多少面相，都是他心頭銘誌至深的影子……

第二天，館長一早就起來梳洗，然後叫醒他們兩個。

跟尋常的人類一樣，館長帶他們去吃早餐，到百貨公司的童裝部，替殷曼買衣服。

百貨公司的小姐看到一個清麗到不可思議的小女孩，讓人抱著，美麗得不像人間的小孩，爭著上前逗她，只見她睜著一雙明亮清澈到有些令人發毛的眼睛，想逗她的大人，心裡都有些凜然，反而後退了幾步。

館長趕緊挑了幾套童裝，殷曼伸手去接，衣服卻都掉在地上，掙扎下地想撿起來，她卻又跌了一跤，最後是館長將她抱入更衣室換衣服。

殷曼有些愴然若失，一個五六歲的小孩，臉上出現那種愴然的神情，實在讓人覺得很不協調。

「殷曼，妳現在是個人類的孩子。」館長一面幫她穿衣服一面道，「人類的幼兒期很長，妳不用覺得害羞。」

「……我明白。」她溫和的回答，笨拙的試著幫自己扣釦子。

館長順便幫她把長頭髮綁起來，一個再乾淨簡麗也沒有的小女孩，就這樣出現在眾人面前。

等得有些不耐煩的君心張著嘴，看著粉雕玉琢的小殷曼，不知道爲什麼，馬上臉紅起來。

她……眞的很漂亮。

算算年紀，他和殷曼的外貌起碼也相差了十來歲。以後……殷曼都得由他來照顧了呢！不管是吃飯、穿衣、還是……洗澡……（喂喂，洗澡可以省略吧？）帶她去上學，不管做什麼都在一起。

但是，一個中學生的零用錢養得起小殷曼嗎？他突然沒有什麼把握，看了一眼默默讓館長抱著的殷曼，他下定決心。

大不了去打工就好了啊！就算得輟學去工作養活她，那也不算什麼，要緊的是，他可以一直跟殷曼在一起。

這麼一想，他開心了起來，殷曼只看了看他，垂著頭繼續沉默。

逛了一整個上午，他們都累了，就近找了個餐館坐下來吃飯。

殷曼努力的拿起湯匙，拿了好幾次，湯匙一直掉到桌子上。

君心把湯匙撿起來，「小曼，我餵妳。」

殷曼想要搖頭說不，卻拗不過君心的熱情，只好張開小小的嘴，一口一口吃下去，只是有些淒然。

「我吃飽了。」殷曼說。

「吃這麼少？」君心看著還剩了大半盤的兒童餐，有些兒不滿意，「要多吃點才能快點長大呀！」

殷曼苦笑著，「……我不喜歡肉的味道。」

君心正想訓她不該偏食，轉思一想，「對了，小曼，妳吃素對吧？難道妳是不想殺生才不吃肉嗎？」

望了他好一會兒，殷曼噗哧一聲笑出來，「君心，你這話說得好笑。吃素難道不殺生麼？難道動物是生命，植物就不是生命？」

被她這一堵，君心有些訕訕的笑了，只是一旁聽著的館長發起呆來。

這……這個樣子，殷曼眞的能夠當人類嗎？她看得太透徹，反倒阻礙她當個眞正的人。化人到現在已經快一天一夜了，她卻連拿把湯匙都困難……想來是飛頭蠻沒有身軀，她像是裝了義肢的人，無法指揮自己的身體。

身和心，她都不像個眞正的人類。

趁著君心去洗手間，她低低的勸：「留在我這兒吧，殷曼。君心無法照顧妳……」

「謝謝妳的好意。」殷曼柔柔的笑，「我會沒事的。」

等君心從洗手間出來，殷曼伸出手，要君心抱她。這夜他們不好繼續打擾館長，找了家旅館住了下來，館長雖然有些擔心，終究還是告辭而去。

殷曼破例對君心說了許多話，君心抱著她坐在窗台上，看著重慶打翻珠寶盒似的閃閃華燈。

「你太不喜歡人類，卻太親近妖怪了。」殷曼柔白的小臉有著過度早熟的憂

心忡忡。她的手還不太聽使喚，笨拙卻憐愛的一遍遍摸著君心的臉，「你不能拿咖啡廳的那起熟客當樣本。所謂物以類聚，狐影吸引來的自然是比較友善的眾生。但是跟人類一樣，眾生還是有好有壞，只是眾生單純些、直接點。你不當討厭自己的同族……」

君心享受著她憂心的囑咐，順從地答：「好的好的，我再也不會這樣了。若是我又露出討厭人類的樣子，妳就提點我一下。只要妳開心，我怎麼樣都可以……」

殷曼像是為難似的一笑，淡得幾乎看不見，下一秒，她溫柔的、笨拙的吻了吻君心。

讓一個五六歲的孩子吻了……君心卻覺得自己的心幾乎跳出胸腔。很多年前，殷曼還是大妖飛頭蠻時，他們初相遇，為了救他一命，殷曼吻過他。

穩重的殷曼、使小性子的殷曼、嬌憨的殷曼……到孩子一般的殷曼，不管她變出多少面相，都是他心頭銘誌至深的影子。

刀刻不去，水淹不沒，火燒不見痕跡，怎麼都無法磨滅的影子。

就算……就算她成了前世那少女骷髏的模樣，他只覺得心碎，依舊愛她如昔。

「記住了，不要討厭自己的眷族。」殷曼靜靜地說，「有族民可以相依，是多麼幸福的事情。」

「……妳說什麼，我都會記住。」君心愣愣地望著她，「妳去哪裡，我都會跟。因爲我愛妳呀……我眞的眞的……」

瞅了他好一會兒，殷曼張開小小的手臂，依偎在他肩上，看不清表情。

這天晚上，君心覺得很滿足，因爲向來不讓他靠得太近的殷曼，靜靜的偎在他身邊，熟睡著。其實，他沒有什麼褻瀆的想法，他只是希望，可以跟她相偎著，永眠到世界毀滅。

這才是他最大的心願。

醒來時，他有些不知道身在何處。靜靜的山月從窗外照了進來，滿地的沁涼。

「……是嗎？如果是這樣，真的沒有辦法了……」館長遺憾的聲音響起。

君心張開渴睡的眼睛，看到狐影和館長都站在他床頭，他伸手往床畔一摸，撲了個空。

他的心如墜冰窖，深深的冷了起來。

「……小曼呢？」他不敢相信，低低的問，「小曼呢？」

「聽我說……」狐影眼底滿是悲感，「我將殷曼送到安全的地方閉關了。」

君心跳了起來，一把揪住狐影，眼睛快要噴出火來，「還我！快把小曼還我！你怎麼可以帶走她？你怎麼可以?!她是我的，我會照顧她！你怎麼可以把她帶走？她在哪裡？」

「她從來都只是自己的，不會是你的！」狐影也大聲起來，「你沒辦法照顧好她的，撫養一個小女孩不像你想的那麼簡單！」

「她是我的，我的！」君心激動地大跳大叫，「她一直都是我的呀！我去工作養她！我會把她照顧得好好的……就像她照顧我一樣！她是我的，我是她的，本來就是這樣……把她還我，還我！」

「你做不到的。」狐影反過來抓住他，「你做不到。因爲封天了……諸神眾魔都歸於本位，只能從有管理者的都市出入。你懂意思嗎？這樣一來，有管理者的都市就成了眞正的國際大都市，移民和過客會是現在的好幾十倍！管理者沒辦法時時刻刻盯著那麼多眾生，殷曼在都城反而危險。連我都沒辦法收養她，何況是你這樣一個道行法術都上不了檯面的人類！」

狐影忿忿的將他一擲，「你好好想想，是該發小孩子脾氣的時候麼？她若不是爲了你的安危，怎麼可能流著淚離開你？」

她……她哭了嗎？

君心心頭一酸，也跟著哭了起來。「我沒有她不成啊……我只有她而已啊……我什麼都不要了，什麼都不管了……我不怕死，就算死掉也沒關係……但是不能沒有她啊……」他語無倫次的哭喊著，像是失去母親的孩子。

「修仙吧。」狐影沉重的呼出一口氣，「你修仙吧！你若還想見到殷曼，就好好的修仙吧！將來可以在天界遇到她……不過百年光陰而已，怕什麼？你若是初心不滅，你總是會見到她的。」

像是看到了丁點的希望之光，在絕望的絕對黑暗中，這樣的薄弱，但這是他唯一的光源。

「修仙就一定可以見到她嗎？」君心不斷啜泣。

「……一定。」狐影靜靜的看著他的眼淚，覺得很疲倦。人類的哀傷感染力太強，總是令人疲倦。

「館長……」狐影揉了揉眉間，「這小子拜託妳了。實在很抱歉，將這樣的重擔……」

「交給我吧。」館長抱著痛哭的君心，輕輕拍他的背，眼鏡後面的眸子像是什麼都了解，「狐仙，你還有事該辦。」

他緩緩的關上門，臉孔滿是憂鬱。他不喜歡人類的悲傷，滋味太苦了，讓他這敏感的狐仙，特別難受。

沒有搭電梯，他逕自走到樓梯間，在樓梯上，殷曼靜靜的坐著，翹首望著小窗射進來的蒼白月光。

「……他很傷心。」狐影撤了圍繞在殷曼身邊的結界，將她抱起來。

「我也是。」殷曼小小的臉孔沒有表情，只有兩行冷淚蜿蜒而下。

「或許……」狐影還想掙扎，君心言語無法表達的哀傷直接衝擊到他的心底，那很苦，很黑暗，很辛辣，像是要跟著流淚。他都不太相信自己說出來的藉口，這些困難又不是不能克服的。

「不行。」殷曼悲苦的笑了笑，「那孩子太依賴我了，繼續這樣下去，對他的修行有妨礙……」

「殷曼！」狐影想抗議，卻被殷曼打斷。

「若是我死了呢？」殷曼垂下頭，「不過幾年光景，他依賴我已經依賴得太深了……若只是男女之情，那倒好辦，激情如朝花夕露，三年五載，肌膚相親、耳廝鬢磨，終究有淡的時候，那時他終會棄了我，取了別個她，偏偏又不是這樣。他將所有良善面的情感都歸諸在我身上，眼前不過幾年，就這個樣子，若是多拖個十年八年，他怎麼自拔？」

攤著看自己依舊有些顫抖的手，殷曼的聲音也跟著顫抖起來，「我成了人身，妖力是一點也沒有了，一切都要重頭來過。你看看我……看看我……我的靈識和身子哪裡像個正常人？連要掙扎著活下去都有疑問了，你說我這修仙的路能成麼？多少大妖都敗在化人之後，若是我死了呢？若是我在他面前死了呢？」

她勉強壓抑著情感，卻壓抑不住內心陣陣的慘痛，「現下他只是傷心些，終究有個目標，就算修仙不成，也去病延年。我若在他跟前死去，他的心不碎了麼？早知道會給他添上這些情障，當初就不該救了他，救了他又讓他一生折磨……我這是做什麼呢？」

殷曼別開臉，稚嫩的臉孔有著早熟的哀慟，卻是種奇特的詭麗。

狐影默然，滿眼是淚，只是強忍著不流下來。

妳說君心將所有良善面的情感都集中在妳身上，妳又何嘗不是如此？妳將所有對族民的感情，對父母的愛，對恩人開明，所有的一切，都投射在君心身上。

他像是妳的親人、妳的孩子、兄弟，又像是妳的哥哥、父親……

「妳懂得捨了。」狐影安慰的抱緊她。

殷曼沒有說話，只是乏力的偎在狐影的肩上，望著月影，隨著每一步晃動著。

她落下了淚，一點一滴的濡溼了狐影的衣裳，映著月，晶瑩的像是水晶一樣……

〈第一部完〉

之・後

館長每天都去看君心。開頭幾天，他傷心得不飲不食，只是呆滯的望著天花板，躺著。除了抱抱他，拍拍他的背，讓他痛哭一場，館長也不知道該怎麼辦。

但是第四天，正在幫書歸架的館長詫異的看到，消瘦不少的君心居然精神奕奕的走進圖書館，有些不好意思的笑笑。

「都好了？」館長慈愛的摸摸他的頭髮。

「……有個地方永遠好不了。」他的聲音有點沙啞，卻燦爛的笑笑，「但是我想，小曼那種資質，修仙一定很快，我不想讓她等太久。」

呵，這孩子沒事了。「你要回家了嗎？」她會很想念君心，還有殷曼。

「不，暑假還沒有結束。」他聽著窗外如雷的蟬鳴。「館長阿姨，請妳教我射擊。」

他想過了，若是認眞修煉，進展快不到哪兒去，但是因武入道就不一樣了。每一次的爭鬥，都可以讓境界和功力大幅提升，他不要殷曼在天界等太久。

「啊！」館長輕輕叫了一聲，「我並沒有好到可以當老師，你若願意的話，我可以推薦你幾個以道術見長的老師……」

「喚符太慢了。」君心低了頭，「雖然我有飛劍，但是說眞的，我的飛劍保護我就很累了，要用來爭鬥，實在是……而且，我看到館長阿姨的英姿，覺得……眞的很帥喔！」他兩眼閃閃發光。

這樣的眼神，讓人很難拒絕呢！

「學了用槍有什麼用？」館長搖搖頭，「你們那邊不是有什麼管制法，你怎麼大大方方的拔槍出來用？」

「唔，我會跟館長阿姨一樣，藏到誰也找不到的小封陣。」君心眨眨眼。

館長笑了。

於是，她送了君心兩把小一些的靈槍，教他如何使用。他是個用心的學生，每天都在圖書館的祕密地下室勤練不已，後來乾脆買了張行軍床，就睡在充滿硝煙味道的地下室。

他在圖書館住了一整個禮拜，除了地下室的射擊訓練，還在假日的時候，跟著館長外出實習射擊。

他們使用的是種類似靈氣的子彈，需要從自體提煉出靈氣凝聚成形，化爲實體。他從來不知道館長是從哪兒學來的，好奇的問她，她也只是不好意思的笑。

「……我有很多書。」她紅著臉回答。

但是她的書又不是普通的書，可能是哪個棲居於此的人魂教了她吧！

「那爲什麼是槍呢？」他更好奇了，圖書館館長拿槍……怎麼想怎麼看都不大對勁。

「這、這個嘛……」她慌張的推推眼鏡，「那、那是……那是因爲……」

「那是因爲館長喜歡看好萊塢的動作片。」蕊意有些無可奈何的插嘴。

「唔，還有炸彈亂飛的日本卡通。」

「蕊、蕊意！」館長像是小女生般扭捏，「妳、妳怎麼……妳答應不說的！」

蕊意翻了翻白眼，寵溺的看著都快五十歲的館長。這個終生沒有結婚，心靈純潔得跟少女一樣的女人，連行為模式都比她這個正港少女還少女。

之後每年的暑假，君心都會千里跋涉的來重慶打擾館長。

館長總是笑咪咪的，伸出手臂歡迎他。

雖然館長是有些迷糊，煮飯的手藝又不怎麼樣，但是和她一起，他會有種親切感。或許他想像中的母親應該是這樣的吧！

「……我爸媽終於離婚了。」就要上大學的君心長高很多，已經散發出一種男子氣概，「可笑的是，要我再三保證，還簽了同意書，等我成年就把基金公平分給他們倆，他們才甘願離婚哩。兩個早就各有家庭了，可憐那些小孩子了。」

「噢，君心。」館長同情的按了按他的肩膀。

「沒關係，我已經有館長阿姨了。」君心調皮的一笑，「阿姨就是我的媽媽呀！」

館長聽到他說的話，嚇了一跳，善感的她眼眶盈滿淚。「……我也很高興有你這樣的孩子。」

君心幫她抹了抹眼淚，望著燦爛的晴空，「本來我在想，我是不是把殷曼當成母親的替身了？但是……跟阿姨相處之後，我就明白了。我是……我是……」他垂下眼，「我是眞的愛著她。」

突然一股怒氣湧了上來，他握緊拳，「好歹也寫封信，打個電話連絡一下啊！我又不會眞的跑去吵她……她把我當成什麼了？把我們這種愛上妖怪的人類看成什麼了？難道離開得久一點，我就會忘記她嗎？殷曼眞是大笨蛋啊！」

「……這就是愛上妖怪的人，無可奈何的宿命啊！」館長按著他的肩膀，一起仰望晴空。

「阿姨。」

「唔？」

「我還會見到她吧？」君心仰著頭，直直的望著模糊成一片的天空，「會吧？」

館長心裡一陣迷糊，片片浮雲安靜的飛過燦藍。她等的那道飛影，是明天會來，還是後天呢？

「會的。」她微笑，非常有信心，「一定會的。」

作・者・的・話

會寫這部小說，其實是因爲一句戲言。

我的熊先生很喜歡看奇幻類的小說，不管是「小說頻道」還是「鮮網」出版的，他都看得津津有味。有回我瞥了一眼，說：「其實這類的小說我也寫得出來。」

「騙鬼。」他倒是滿眼狐疑。

「呿，這有什麼難？」我很不喜歡他質疑我，「你聽著，不過就是畫唬爛。寫人類修眞有什麼了不起？寫妖怪修仙才夠新鮮哩！」

「我就不信妳寫得出來。」他繼續埋首書堆。

士可殺不可辱。質疑我唬爛的功力，這對一個天馬行空的作者是種劇烈的侮辱啊～～

只想了五分鐘，我跟他說了楔子，當然，看著他張著嘴驚異的表情，我是洋洋得意的。

「……反正妳也只是講講。」他不服氣的揮揮手，「而且一本就完，有什麼了不起的？」

所謂請將不如激將，我眞的被激到了，洋洋灑灑寫了五章，而且還列出大約十本左右的大綱給他看，證明我不是寫不出來的。

不過，就算被激到，我還是得寫稿餬口的，所以就把這五章擱著，貼貼BBS當作自娛，專心去寫出版社要的稿了。

事實上，我很有自知之明。這種小說什麼類型都歸不進去，純屬自我娛樂，不太可能有書系塞得進去，只是我寫得很滿意，所以寄出出版社要的稿之餘，一時手癢，也將這五章寄給編輯吃便當的時候看看。

沒想到編輯居然問我：「後來呢？」

後來？

我當然知道後來怎麼了啊，故事都在腦子裡，但是需要寫出來。

「那妳就寫啊！」編編講得很理所當然。

「……不喜歡是可以退稿的喔。」我殷殷叮嚀了幾次，很高興找到理由去寫。

或許是沒有過稿壓力，所以我寫得很爽，寫得很快樂。

寫完往編輯的e-mail一扔，哈！不關我的事情了。

我需要償還的稿債簡直比山還高，中途插隊這一本，我已經快死了……寫寫寫，寫寫寫，我的生命只有寫寫寫……

等編輯告訴我過稿了，我還眞是瞠目以對。

只能說，生命自會尋找出路……（是這樣嗎？XD）

但，這眞是我寫得很痛快的小說，很過癮的將我想要的因子統統塞進去，發揮得淋漓盡致。

只有一點小小的麻煩。

我家熊先生會看我寫的每一本小說，但是每看完一本，就會問：「寫得還可以啦，君心和般曼呢？」

看了看牆上的進度表，長長的書單……這讓我很頭疼。

拜託你不要跟編輯同一陣線，我已經有寫不完的稿子了。

但是，我會爲了他的閱讀，一本本的寫出續集吧！

僅將這本充滿妖怪的小說，獻給我那可愛又可惡的熊先生。

希望觀看這本小書的你，也會喜歡。

國家圖書館出版品預行編目資料

初相遇　蝴蝶著.--初版--台北市　：春光出版；家庭傳媒城邦分公司發行；2005 (民94)
面：　　公分.--

ISBN 978-986-7402-72-1（平裝）
857.7　　　　　　　　　　　94018695

初相遇

作　　　者／蝴蝶
企劃選書人／黃淑貞
責 任 編 輯／李曉芳

行 銷 企 劃／周丹蘋
業 務 企 劃／虞子嫺
行銷業務經理／李振東
總　編　輯／楊秀真
發　行　人／何飛鵬
法 律 顧 問／台英國際商務法律事務所　羅明通律師
出　　　版／春光出版
台北市 104 民生東路二段 141 號 8 樓
電話：(02)25007008　　傳真：(02)25027676
網址：www.romanceplanet.com.tw/stareast
e-mail：stareast_service@cite.com.tw
發　　　行／英屬蓋曼群島商家庭傳媒股份有限公司城邦分公司
台北市 104 民生東路二段 141 號 2 樓
讀者服務專線：0800020299　24小時傳真服務：(02)25170999
讀者服務信箱：cs@cite.com.tw
劃撥帳號：19833503
戶名：英屬蓋曼群島商家庭傳媒股份有限公司城邦分公司
香港發行所／城邦（香港）出版集團有限公司
香港灣仔駱克道193號東超商業中心1樓
電話：(852)25086231　　傳真：(852)25789337
馬新發行所／城邦（馬新）出版集團【Cite (M) Sdn Bhd.】
41, Jalan Radin Anum, Bandar Baru Sri Petaling,
57000 Kuala Lumpur, Malaysia.
電話：(603) 9-8822 傳真：(603) 9057-6622
e-mail：cite@cite.com.my

封 面 設 計／黃聖文
電 腦 排 版／普林特斯資訊有限公司
印　　　刷／高典印刷事業有限公司

■2005年（民94）12月30日初版
■2016年（民105）3月16日3版13刷

Printed in Taiwan.
城邦讀書花園
www.cite.com.tw

售價／220元

廣告回函
北區郵政管理登記證
台北廣字第 000791 號
郵資已付，免貼郵票

104 台北市民生東路二段 141 號 11 樓

英屬蓋曼群島商家庭傳媒股份有限公司

城邦分公司

請沿虛線對折，謝謝！

遇見春光·生命從此神采飛揚

春光出版

書號： OF0001Y	書名： 初相遇

讀者回函卡

謝謝您購買我們出版的書籍！請費心填寫此回函卡，我們將不定期寄上城邦集團最新的出版訊息。

姓名：______________________

性別：□男　□女

生日：西元________年________月________日

地址：______________________

聯絡電話：____________ 傳真：____________

E-mail：______________________

職業：□1.學生 □2.軍公教 □3.服務 □4.金融 □5.製造 □6.資訊

□7.傳播 □8.自由業 □9.農漁牧 □10.家管 □11.退休

□12.其他______________________

您從何種方式得知本書消息？

□1.書店 □2.網路 □3.報紙 □4.雜誌 □5.廣播 □6.電視

□7.親友推薦 □8.其他______________________

您通常以何種方式購書？

□1.書店 □2.網路 □3.傳真訂購 □4.郵局劃撥 □5.其他________

您喜歡閱讀哪些類別的書籍？

□1.財經商業 □2.自然科學 □3.歷史 □4.法律 □5.文學

□6.休閒旅遊 □7.小說 □8.人物傳記 □9.生活、勵志

□10.其他______________________